帝都ハイカラ探偵帖

少年探偵ダイアモンドは怪異を謎解(あば)く

著　霜月りつ

マイナビ出版

CONTENTS

Teito Haikara Tantei cho

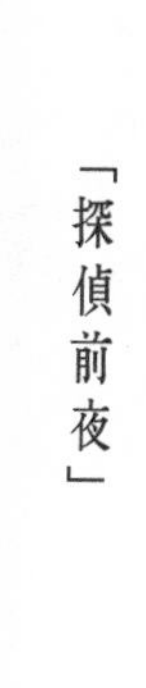

Teito Haikara Tantei cho

寝る前の僅かな時間、母はいつもベッドの上で本を読んでいた。

父が病いで亡くなってから、自分がパーシバル貿易店の取締役であると気負う部分もあったのだろう、取引相手の百戦錬磨の男性たちと、一歩も引かぬ勢いで対峙し、国内外から入ってくる情報を吟味し、自分の目で商品を選び、値をつけ、日本へアメリカへと送り出していた。

そんな忙しい日々の中で、書物を読むことだけが自由な楽しみだったのだろう。

幼いダイアモンドはそんな母の寝室にたびたび入りこみ、一緒のベッドに入っては、本を読んでいる母の顔を見上げていた。

「お母さまはいつもご本を読んでるんだね」

ダイアモンドは母の膝の上に顔を乗せて不満そうに呟いた。

「ええ、お母さまはこのお話がとても好きなの」

「どんなお話？」

「賢い探偵さんが不思議な謎を解くお話よ」

母は口をすぼめるようにして、ふふと笑った。

「お母さまはその探偵が好きなの？　僕やお父さまより好きなの？」

母は本を閉じると胸にすがりつく幼い少年の金の髪を優しく撫でた。

「まあ、なにを言うの、マイジュエリー。私のかわいい青い宝石さん。あなたやお父さまがこの世で一番好きに決まっているじゃない」

「でも探偵も好きなんでしょう？」

ダイアモンドは宝石と呼ばれた青い目を見開いて母を見上げる。

「このお話はね」

母は幼い息子をぎゅっと抱きしめ、丸い頬に自分の頬を押し当てる。

「特別な力で困っている人を助けるヒーローのお話なの。ダイアモンドも神様からいただいた特別な力を持っているわね。だからその力で人を助けてあげなさい。そうしたらあなたはヒーローになってその人の心にずっと残ることができるわ」

「ヒーロー……？」

きらきらとした目を丸くして、ダイアモンドは呟いた。

「あなたの持つその力は、遠いご先祖から伝わる聖なるドルイドの力。精霊や祖霊と人をつなぐ力。私はリズお姉さまのように強い力は持たなかったけれど、あなたには受け継がれたの。それは人を助ける力よ、ダイアモンド。正しく賢く使いなさい」

母はダイアモンドの白い額にキスをした。

「うん、僕はヒーローになるよ。困ってる人を助けるよ」

「私の小さな宝石さん……その気持ちを忘れないで。その気持ちがあれば私がいなくなっても……きっとあなたを支えてくれるわ」

ダイアモンドが母と約束したのは明治三十九年、七歳のときだった。それから一年後、その母・マーガレットは亡くなった。病いではない、事故でもない。もっと残酷な出来事が彼女を襲ったのだ。

葬式を執り行ったのは彼女の姉のエリザベス・パーシバルだった。

エリザベスはマーガレットを東京青山の墓地に埋葬した。隣には彼女の夫の墓もある。

「ダイアモンド」

エリザベスは幼いダイアモンドの手を握って言った。

「はい、リズ伯母さま」

「私は明日、銀座の自宅へ戻ります。マギーとの約束どおり、あなたも私と一緒に明日から銀座で暮らします。よろしいわね？」

伯母であるエリザベス・パーシバルは現在三十八歳、銀座で輸入品を取り扱う会社を経営している女性実業家だった。ダイアモンドと同じ青い瞳を今は黒いベールで隠していた。結い上げた金色の髪のほつれ毛が、ハイカラーの喪服に一筋、涙のように落ちている。

悲しみをこらえた凛とした横顔を、ダイアモンドは見上げた。

「はい、伯母さま」

「マーガレットは私にとっても大切な愛する妹、あなたはその忘れ形見。私のことを母と思って、というのはまだ難しいかもしれないけれど、私はあなたが大好きよ、マイジュエリー。だから安心して過ごしなさい」

母と同じ呼びかけに、ダイアモンドは微笑みを作ってみせた。

「僕もリズ伯母さまが大好きだよ」

「ありがとう、ダイアモンド。今日はずっとマギーのお話をして過ごしましょうね」

喪服の参列者たちが墓地の入り口を出ようとしたとき、大勢の人間が騒いでいる声が聞こえた。何事かと見やると、自動車を止めたあたりに何台かの人力車と男たちが群がっている。

一人のひどく汚れた若い男が、逞(たくま)しい車夫たちに殴られ、組み敷かれていた。

「何事です！」

エリザベスは日本語で言った。

「喧嘩はいけません！」

車夫たちの何人かは慌てて自分たちの人力車に戻ったが、二人がまだ青年を押さえつけていた。

「すみません、奥様。この若造が奥様のお車にいたずらしてやがったんで、みんなでとっちめていたところです」

押さえつけていた一人が顔をあげ、唇を歪めた。笑ったらしい。大柄で、目つきに暗いところのある男だった。裾を帯に挟み、股引に脚絆といういかにも車夫らしい姿だ。

見ると、エリザベスが所有している二台の自動車の一台――イギリスから輸入したフォードN型の車輪が一つ外れてしまっている。当時、明治四十年の輸入車といえば、日本には数えるほどしかない。一般庶民には手の届かない宝物だ。

「まあ、なんてこと……！」

車輪一つとっても高価な代物だ。エリザベスは頬に手を当て、困惑した声をあげた。

「お車がこんなになっちまって災難でございましたな。幸いわしらは車夫でございます。お屋敷まで走りましょう」

車夫がそう言うと、他の男たちも「わしの車に」「こちらにどうぞ」とエリザベスや他の参列者に向かって声をあげた。

「これは……仕方がないわね」

エリザベスは葬儀にきてくれた友人たちを振り向いた。

「すみません、何人かの方は人力車に……」

「待って」

ダイアモンドはエリザベスの前に出た。

「その人が車輪を外したの？」

少年は大柄な車夫に向かい、押さえつけられている青年を指さした。

「そうですよ、坊ちゃん。とんでもない野郎だ」

大男は西洋人形のように愛らしい顔をした金髪の子供に、好色そうな目を向けた。

「車輪を外しているところを見たの？」

「見ましたとも」

「でもおかしいね。外しているところを見たならついさっきでしょう？　なのに外された車輪はどこに行ったの？」

ダイアモンドは子供特有の艶やかな唇で微笑んだ。

「へ？」

「車輪を外しているところを見て、とっちめたのなら、車輪はこのあたりに、あるはずだよね？」

理解が遅い子供に言うように、ダイアモンドはゆっくりと言った。

「どうしてないの？　本当にその人が外したの？」

少年は地面に押さえつけられた青年に顔を向けた。

「あなたが外したの？」

青年はかすかに首を横に振る。目の上が切れ、頬が腫(は)れあがりひどい顔だ。額から右の頬にかけて赤い火傷(やけど)のような引き攣(つ)れがあった。まだ若く、十六、七くらいに見えた。

「こいつはこのあたりのごろつきですよ。家もない、親もない、日雇いものだ。こんなやつを信用するんですかい、坊ちゃん」

大男はダイアモンドのすぐ前に立った。見上げれば山のように大きい。しかし、ダイアモンドは足をふんばり、その右肩のあたりを見上げた。

「僕は喧嘩で人を殺すような人の方が信用できない」

ダイアモンドがきっぱりという。大男はぎょっとした顔をした。背後の車夫たちがざわりとする。

「坊ちゃん、言っていい冗談と悪い冗談が――」

「あなたは白髪(しらが)のおじいさんを殴り殺した。……顔は腫れあがってよくわからないけどあなたの後ろに立っているよ……」

じっと肩あたりを見る少年の目に、大男は気味悪そうにあとずさった。

「な、なにを」

「それは、じっちゃんだ！」

腹ばいの青年が身をよじって叫ぶ。

「やっぱりてめえ、俺のじっちゃんを殺したんだな！　てめえじゃねえかと思ってた。証拠を見つけたくてつけ回してたんだ！　そしたらお前らが自動車の車輪を外してたんじゃねえか！」

「てめえっ、黙れ！」

青年を押さえている男が慌てて顔を地面に押しつける。

「ふざけんな！　証拠はねえだろうが！」

大男がわめく。ダイアモンドは青い瞳を燃えたたせた。

「証拠はなくても、そのおじいさんはあなたの右肩に取り憑いている！　知らんぷりをしても、ずっとずっとのっかってるぞ！」

少年の言葉が終わらないうちに、大男はうめき声をあげて右肩を押さえた。

「い、痛えっ！　い、いいいいっ！」

それを見ていた車夫たちが、顔色を変えて自分の車を回そうとする。

「祟りだ！」

「幽霊憑きだ！」

　青年を押さえていた男も慌てたように立ち上がって逃げようとした。

「車輪を置いていけ！」

　ダイアモンドが怒鳴ると一人が人力車の座席から車輪を取り出し、急いでこちらに転がした。車輪は地面に膝をついた大男の体にぶつかって止まる。

「っちくしょう！」

　大男は車輪を鷲掴むと、それを両手で振りあげた。

「このクソガキ！」

　ぐわっと車輪がダイアモンドめがけて振り下ろされる。

「ダイアッ！」

　エリザベスの悲鳴が聞こえた。ダイアモンドは顔を覆って目を閉じた。

　ガシャンッとひどい音がした。だが、ダイアモンドの体には衝撃は届かなかった。なにか温かなもので守られている。

「……大丈夫かい、坊ン」

　すぐ目の前に頰を腫らした青年の顔があった。彼は車輪とダイアモンドの間に入って自分の背で暴力を防いだのだ。

「離せ！　離しやがれ！」

怒鳴り声が聞こえた。大男が葬儀に参加した西洋人の男たちに取り押さえられている。

「ちくしょう！」

大男は叫び声とともに、自分を押さえつけている男性たちを振り払い、逃げ出そうとした。ダイアモンドを庇った青年はさっと立ち上がるとその前に立ちはだかった。

「逃がさねえ！」

青年は右手の拳を握ると、目にも留まらぬ速さでその腕を下から振りあげた。拳は大男の顎を捕らえ、打ち抜いた。

「ぎゃあっ！」

拳闘（ボクシング）でいうアッパーカット、見事な一撃だった。大男は三十センチは飛び上がり、そのまま仰向けにどおっと倒れた。

拳を振るった青年は、左肩を押さえ、その場で膝をついた。

「大丈夫!?」

ダイアモンドは青年に駆け寄った。青年はぼんやりした目でダイアモンドを見上げ、かすかに笑った。

「ありがとう……坊ン。これでじっちゃんの仇が討てた」

青年はそう言うと前のめりに地面に倒れた。

「伯母さま！」

ダイアモンドは立ち尽くしている伯母に向かって叫んだ。

「この人を助けて！　僕の命の恩人だ！」


それから青年は病院に運ばれ、治療を受けた。車輪を受けた傷はかなり大きく、左肩を骨折していた。そんな状態であの大男を倒したのだ。

ダイアモンドは銀座へ引っ越す時期を延ばして青年の治療に付き添った。

青年は久谷十和（くたにとわ）と名乗った。歳は十六だと思う、と自信なさげに言う。

「俺はどのくらいこうしてればいいんだい」

病院のベッドで十和は退屈そうに言った。

「二週間は安静だよ。そのあと腕を動かす訓練をしないといけない」

ダイアモンドが教えると十和は大げさなため息をついた。

「そんなに動けねえとおまんまの食い上げだ」

「骨折以外は――顔の腫れや切り傷なんかはすぐに治ると思う。でもここは」

そう言ってダイアモンドは自分の額から右の頬を指さした。

「昔の火傷だから治療できないって」

「ああ」

十和は自分で右手を動かし、額に触れた。額から頬にかけての引き攣れた火傷のあとは痛々しかったが、十和の端整な顔に遜色を与えるものではなかった。

「これは俺が火事で焼け出されたときの怪我だからしょうがねえよ」

「火事で？」

「ガキの頃、大火事があって焼け出された。親父もお袋もそれで死んだらしい。らしいってのは俺がいた孤児院で聞いたことなんでな。俺はあまり覚えちゃいないんだ」

十和はどこか他人事のように言葉を放り投げた。

「孤児院？　でも君はじっちゃんと」

「ああ、その孤児院がひでえところで、七つくらいで逃げ出したんだ。俺は孤児院じゃ未の二って呼ばれてたんだ。未年に二番目に拾われたガキだからってな。だからじっちゃんが俺を拾って十和って名前をくれたときは嬉しかったな」

飢えて建物の間に座り込んでいたとき、久谷が助けてくれたという。名前を与え、自分の苗字を名乗らせ家族になった。久谷は日雇いの土木作業員や駅の清掃をしていたが、十和を拾ってからは車夫を始めた。

十和も十五になってから車夫をしていたが、久谷が死んでからは殺した相手を探して人力車が集まる場所をうろついていたという。そんな中であの大男、五島（ごとう）が久谷と揉めていたことを知り、尻尾を捕まえるためにあとをつけ回していた。そして五島が自動車の車輪を外すところを目撃した……。

「坊ン、本当にあのときじっちゃんが見えたのかい？」

清潔な白いシーツの上で十和が聞いた。

「うん、白髪のおじいさんが頭から血を流していたのが見えた」

「そうか……。じっちゃんは頭を石でかち割られたんだ。それが今でも……」

十和は悔しげに呟き、自分の拳を撫でた。

「君があいつを殴りつけたときにいなくなったよ」

しばらくしてから十和はダイアモンドに期待するような視線を向けた。

「なあ、今、俺のそばにじっちゃんが見えないか？」

「ごめん、見えない。自分の自由になるわけじゃないんだ。もしそうなら僕は僕のお母さまの姿を見たいよ」

「そっか……お前のおっかさん……」

ダイアモンドが墓地にいた理由を察したらしい。十和はやるせない顔で目を閉じる。

「わるかったな」

「ううん、いいんだ」

ちょっとの間、沈黙が降りたが、それは気まずいものではなかった。互いに大切な人を亡くしたせいだろうか、その悲しみの共感はほんのりと胸を温める。

「あのね」

ダイアモンドはためらいがちに十和に声をかけた。

「君のその肩じゃ、治ってももう車夫はできないってお医者さまが言ってたんだ」

「えっ？」

「ほんとにごめん……僕を庇ったせいで」

「そっか」

十和は右手で左肩を押さえた。

「新しい仕事を探さなきゃなんねえな。荷運びとか工夫とかできるかな？」

「それでなんだけど」

ダイアモンドは十和の顔の上に身を乗り出した。

「君、僕のところで働かないか？」

「え？」

十和は目を開けた。青いキラキラした目を見返し、瞬く。

「お、俺が？」

「そう、僕の専属秘書として」

「ええ？」

十和は思わずベッドの上で身じろいだ。そんな彼をダイアモンドは逃げないように押さえつけ、顔を寄せた。

「僕のお母さまもね、殺されたんだ」

ダイアモンドの瞳は今や青い炎のようだった。

「え――？」

「新橋で馬車強盗に襲われた。匕首（あいくち）で刺され、バッグや荷物も奪われた。僕はお母さまを殺した犯人を許さない。絶対にこの手で捕まえてやるんだ」

「強盗を捕まえるのは警察の仕事だろう」

ダイアモンドはさらに身を乗り出し、ほとんど額をくっつけんばかりとなった。

「君だって警察は信じてなかったんだろう!?」

「それは……」

貧しい車夫が一人死んだくらいでは警察は真面目に働いてくれないと思っていた。現に今まで犯人は野放しだった。

「一緒に銀座のリズ伯母さまの屋敷に行くんだ。君はね、きっとお母さまがくださったギフトなんだよ。僕はあと四年で小学校を卒業する。そうしたら探偵事務所を開く」

「たんていじむしょ？」

聞いたこともない言葉を十和は繰り返した。

「そう。探偵はこの世の謎を解き、悪を成敗する。僕は必ずお母さまを殺した犯人を見つける。でも僕一人じゃ無理なんだ。君はね、僕の世話係で護衛で相談相手で助手だ。お願い、僕を助けてくれ」

興奮した様子で手を握ってくるダイアモンドから十和は逃げようとした。

「ちょ、ちょっと待てよ、俺はお屋敷なんかで働けねえぞ」

「俺、じゃなくて私だよ。パーシバル家で働くんだから、言葉遣いも所作も覚えてもらうよ」

「いや、勝手に決めるなよ！」

強く握ってくるダイアモンドの手を、十和は振り払った。だがダイアモンドはめげた様子もなく、再度十和の手を取った。

「犯人と思った人間をつけ回す執念、犯罪を止めようとする義侠心(ぎきょうしん)、僕をとっさに庇ってくれた思いやり、とどめを刺した見事なアッパー。僕には君が必要だ！　君のように強くて正義の心を持つ人が。僕は全力で君を求め、君を守る。だから君も僕を助けてほしい！」

「……」

十和は目を見開いてダイアモンドの宝石の瞳を見ていた。たかが八歳の子供の言うこと、と笑い飛ばせない真摯(しんし)さがその瞳にはあった。

僅かな時間で車輪の矛盾を指摘したひらめきも、この少年がただものでないことを示している。今の言葉にも子供じみた無茶苦茶さはなく、きちんと理由が述べられていた。

なにより、必要だと求められた言葉が十和の胸を熱くした。

「駄目だろうか……」

ダイアモンドは悲しげに囁(ささや)いた。十和はやがて大きく息を吐いた。

「確かに……車夫ができなきゃ飯も食えねえ」

「うん」

「だけど俺は育ちも悪いし学もねえぞ。カナしか読めねえし……」

ダイアモンドはその瞬間、ぱあっと明るい顔になった。

「大丈夫！　学びは必ず身につく。そういうことになってるんだ」

「必ず？」

「うん、一年もかければ人はなんだって覚えるよ」

ダイアモンドは改めて手を差し出した。十和は少年の小さな手のひらを見て、少しためらったあと、自分も恐る恐るといったふうに右手を出した。五島の顎を砕いた拳には包帯が巻いてある。

「よろしくね、——十和」

「ああ、よろしく頼む、坊ン」


そうして一年どころか半年で、十和はパーシバル家の使用人として恥ずかしくない成長を遂げた。屋敷にはイギリスから来ている執事のエドワードがいて、十和は洗練された物腰を彼から、読み書きそろばんはダイアモンドの家庭教師の野間から学んだ。

エリザベスも十和に対して優しく毅然と接し、十和は彼女をレディ・リズと呼んで完璧に仕えた。

変わらなかったのはダイアモンドを「坊ン」と呼ぶ呼び方だけだ。

そしてあっという間に四年が経った。

ダイアモンドが小学校を卒業して中学に進学し、八ヶ月経った十二月の暮れ、彼はエリザベスから一本の鍵をもらった。銀座のビルの一階に作られた部屋の鍵だ。

「さあ」

ダイアモンドはその鍵を太陽にかざした。

「探偵事務所の開幕だ」

「なんのかんのありましたがもうじき一年が終わりますね」

あれから月日が過ぎ、十和も二十歳になっている。ダイアモンドの世話係として、立派に勤めていた。

「仕方がない、事務所用の部屋が空かなかったんだから。だが新しい年から始まると思えば気分もいい」

ダイアモンドは長靴下に膝までの丈の短いズボンをサスペンダーで吊り下げ、白いシャツに赤いネクタイ、紺色のジャケットを羽織る。その上に短めの黒いマントを回した。

「どうだ、この衣装。リズ伯母さまが用意してくれたのだ。洒落ているだろう」

少しかわいすぎないか、と思ったが十和はその言葉を飲み込んだ。

「お似合いです」

「うむ！」

きゅっと学帽のつばを引き下げダイアモンドは十和を振り返った。

「探偵事務所を始めよう、十和。帝都に我がダイアモンド探偵事務所の名を知らしめるのだ！」

ダイアモンドは冬の朝の日差しの中に進み出た。

煉瓦造りの銀座の大通り。クリーム色の歩廊が並ぶ新しい街。

ここがこれからの——ダイアモンドの舞台となる。

第一話　「少年探偵と超能力少女」

Teito Haikara Tantei cho

一　ダイアモンド探偵事務所

明治四十四年——一九一一年一月。

その日の空は、ダイアモンドの心模様と同じように曇っていた。

「なんてことだ」

少年は憤慨した様子で新聞のある記事を睨みつけている。

なにが書いてあるのかと秘書でもある久谷十和が尋ねようとしたとき、部屋の扉の向こうで訪(おとな)いの声がした。

「あのう、ごめんください」

洋室の扉はノックするものだが、まだ西洋風の建物自体が珍しい時代だ。ノックの作法を知らなくても無理はない。十和は扉まで歩いて行って、ドアを引いた。

入り口には着物の上に分厚い外套を羽織った中年の男性が立っていた。彼は珍しそうに開かれたドアの中をきょろきょろと見回した。

「ええと、ここは〝だいあもんどでくてい〟というところで合ってますでしょうか」

「もちろんです。いらっしゃいませ、ダイアモンドディテクティブ——つまりダイアモンド探偵事務所です」

十和は柔和な笑顔で客を出迎えた。

「たんていじむしょ……」

不思議そうに繰り返す男性に、机の向こうからきびきびした声が答えた。

「探偵という言葉は、明治になる前は同心や岡っ引きが探偵方と呼ばれて使われてきた。最初は巡査もそう呼ばれていたのだがね、やがて使われなくなった。二十年ほど前に調査や探索をする民間の会社が探偵会社と名乗り、それから吾輩たちのような公民以外で調査を請け負うものは『私立探偵』を名乗っているのだよ」

男性は目を丸くして大きな机にほぼ埋もれている相手を見つめた。そこにいたのは金色の髪に青い瞳の異国の少年――おそらくは中学生くらいの――だったからだ。

「あ、ありがとう。坊や、日本の言葉が上手だね」

早口で言われた言葉の半分も理解できなかった彼は、愛想笑いを浮かべるしかなかった。

「吾輩、日本で生まれて日本で育った。見た目はこのとおり、金髪碧眼の美少年だが日本語の読み書きは得意だ」

少年は笑いもせず、前髪をサラリと払った。

「自分で言いますかね？」

十和がぼそりと呟く。

「そうかね。それでそのう……ここの責任者の人は……」

男性はもう一人の青年の顔を見る。こちらも二十歳そこそこだ。シャツにネクタイ、ジャケットと、洋装をきちんと着こなしている。額から右の頬にかけて薄く火傷の引き攣れがあるが、整った顔立ちを損なうものではなかった。

客はとまどった顔であやふやな笑みを浮かべながら、部屋を見回した。

石作りのこの建物は、半開きになった木製のドアを通るとすぐにこの部屋に続いている。

漆喰の塗られた天井は高く、壁はイギリスから取り寄せた美しい花模様の壁紙が貼られていた。床には足を乗せるのが勿体ないくらい色鮮やかで温かな絨毯を敷き詰め、壁の暖炉では炎がパチパチと踊っている。

窓も背が高く大きなため日差しがたっぷりと入り、その前に金髪の美少年が向かう大きなマホガニーのデスクがどっしりと置かれていた。

はあっと男性は感心した様子で見回し、やがて呟いた。

「事務所の所長さんはお留守のようかね……」

「ダイアモンド探偵事務所の所長は吾輩だ」

　少年は机の上に身を乗り出すと、天板を両手で叩いた。

「吾輩が私立探偵ダイアモンド・パーシバルだ！」


「帰っちゃいましたよ」

　十和はドアの前で所長のダイアモンド・パーシバルを振り向いた。

「かまわん。なんだ、家に鼠が出るからどうにかしてほしいって。うちは探偵事務所だぞ。鼠退治なら猫に頼めというんだ」

　ダイアモンドは右手に丸めた新聞紙を持ち、それでぱしぱしと机を叩いた。さっきもこれで依頼人を叩いてしまったのだ。

「せっかくチラシを見て来てくれたのに。〝でてくてい〟と言ったのはレディ・リズから聞いてきたんでしょう。〝detective〟を使っているのはパーシバル商会に置いてあるチラシだけですからね。初めてのお客だったのに」

　恨めしそうに言う十和にダイアモンドは鼻を鳴らした。

「相手が客かどうかは吾輩が決める。とにかくああいう相談は受けるな！　吾輩が解決したいのは夜空を駆ける怪盗、恨みを抱く幽霊、美女の血をすする吸血鬼……」

「そんなのは探偵小説か絵草紙の中にしかいませんよ」

今度は十和が鼻を鳴らした。それにダイアモンドは椅子に寄りかかって腕を組む。

「そんなことはない。侍(さむらい)のいた時代には魍魎(もうりょう)が跋扈(ばっこ)し魑魅(ちみ)があふれていた。鼠小僧(ねずみこぞう)が屋根を駆け、猿飛佐助(さるとびさすけ)が天守閣に飛んでいたんだ。今だっているはずだ」

「坊ンは徳川(とくがわ)の世に夢を見すぎですよ。今は明治。文明は開化し、世のすみずみまでガス洋灯の光が照らし出す。柳の下に幽霊は出ず、置いてけ堀にも誰もいません」

「坊ンって言うな、子供っぽいだろう。所長と呼べ！」

甲高い子供の声に、十和は冷ややかに答える。

「私は四年近く坊ンを坊ンと呼んできたんですよ、今更所長と呼べって言われたって難しい」

「とにかく、吾輩は吾輩の興味がある仕事だけをしたいのだ」

「大体、学校のない日曜日にだけ開いている探偵事務所ってどうなんですか」

「仕方ないだろう、リズ伯母さまとの約束で学校は休めないんだから」

ダイアモンドはぷいと顔をそむけ、わざとらしく新聞を取りあげた。

「そういえば、さっき新聞を読んでなにを文句言ってたんです？」

「あ、ああ。これだ」

ダイアモンドは丸めていた新聞を机の上に広げて伸ばした。

「この記事だ」

「――ああ、千里眼の」

そこには世間で話題になった千里眼の女性、御船千鶴子が染料用の重クロム酸カリを服用して自殺したという記事が載っていた。まだ二十五歳という若さだった。

千鶴子は明治十九年生まれの女性で、十五歳の頃から予言や透視ができると評判だった。やがて帝国大学の福来友吉博士のもとでその能力を証明するために数々の実験を行い成功させてきた。しかし立会人に背を向けていたり、実験物を手で触っていたりしたことから本物ではないという疑いの声も多かった。

「昨年の九月の実験では失敗してしまったんでしたよね」

「いや、一応成功はしたのだが、それはインチキだったと立ち会った帝国大学の総長、山川氏が否定したんだ」

ダイアモンドは新聞に載った不鮮明な千鶴子の写真をそっと撫でた。

「不的中なら非難され、的中ならなにか仕掛けがあると言われる。超能力や心霊力などというのはデリケートなものだ。見世物のような状態の中では、いつも成功するとは限らない。こんなものは信じてくれる人との間だけで行えばいいことだ」

「それは、レディ・リズや坊ンのようにですか」

「……うん」

十和が仕える パーシバル家の当主、エリザベス・パーシバルは不思議な力を持った女主人だった。幼い頃から人ならざるものが見え、会話ができるという。

そしてエリザベスの甥であるダイアモンドにもその不思議な力は備わっていた。そのことは出会いのときからよく知っている。

が、それとダイアモンドが夢見る妖怪や吸血鬼などは、別物であると十和は思っていた。

「人間は信じたいものを信じ、見たいものを見る。逆に言えば信じたくなければ真実だって信じない。超能力に証明なぞ必要ではないのだ。重要なのは本人が信じているかどうかだ」

ダイアモンドはもう一度新聞に顔を近づけた。

「自分の見ているものが幻かもしれないというのは、怖いことなんだ」

その呟きに千鶴子のぼやけた写真はなにも答えはしない。

「今日はもうしまいだ。クローズの看板を出しておいてくれ」

ダイアモンドは机から飛び降りると白シャツの上に中学校の学生服を羽織った。さらにその上に二重回しのマントを羽織る。

ダイアモンドの背丈に合わせて仕立てられたマントの裾からは、膝までの短いズボン、そして長靴下にくるぶしまでのブーツを履いた細い足がすらりと伸びていた。

金髪の上に学帽をかぶると、ダイアモンドはドアのそばに立てかけてあった黒い蝙蝠傘を手にした。

「どちらへ？」

十和も外套を羽織りボタンを留める。

「くさくさするからこのへんをぶらつく。なにか事件にでくわさんとも限らんしな」

「そんな『犬も歩けば』じゃないんですから」

十和は椅子の背にかけていた毛糸の襟巻きを手にした。

「坊ン、風邪をひきます。マフラーを忘れないで」

「ん」

ダイアモンドはドアの前で立ち止まるとくるりと十和の方を向いて顎をあげた。十和は身を屈め、少年の首元に襟巻きをリボンに結ぶ。

子供扱いするなと言いながら、ダイアモンドは十和の世話を拒まない。

ダイアモンドにとって十和が一緒にいるのは当然のことだったし、十和のすることはダイアモンドのためになることだけだからだ。

「よし、できました」

十和は襟巻きの左右の長さを揃え、にこりと幼い主に微笑みかけた。

「ん、ありがと」

十和がドアを開けるとダイアモンドは傘を振り立て、表へ飛び出した。そのドアノブに「クローズ」の札を下げ、十和は小さな背中を追いかけた。

二　千里眼(せんりがん)の少女

石畳の上には昨日降った雪が溶けきらず、ところどころ残っていた。昼でも気温が低いために、今日も溶けないだろう。

明治十七年に植えられたという歩道の柳は、今はまだ葉のない細い枝を、老女の濡れ髪のように垂らしている。

銀座の街は煉瓦街と呼ばれたが、ほとんどの壁は西洋漆喰(スタッコ)でクリーム色に塗られている。今はともかく春になれば柳の緑が建物の壁に映えるだろう。

日曜ということもあって、銀座の通りには大勢の人が行き交っていた。

明治五年の大火に見舞われ、消失した銀座の上に、イギリス人建築家トーマス・ジェームス・ウォートルスが煉瓦の街を設計した。電車が通れる幅八間（約十四・四メートル）の広い通りを挟んで、左右に三間半（約六・三メートル）ずつの歩道がある。歩道には太い柱に支えられた歩廊が作られていた。その奥には細長いガラス窓を持つ、西洋風の店が並ぶ。

今までは店に入って棚や畳の上に並ぶ商品を見るというスタイルだった。だが今や、ガラス窓からハイカラでモダンな商品を、まるで美術品を観るように歩きながら見ることができる。後に銀ブラと呼ばれるそれは多くの客を集めた。

そんな銀ブラを楽しむ人々はまだ正月気分が残っているのか、どの顔も楽しそうだった。

灰色の空の下を無数の電線が通っている。明治二年頃から立てられた電柱は次々と数を増やし、日本の空を縦横に区切っていた。

ダイアモンドは重たげな電線がたるむ空の下を、蝙蝠をくるくると振り回したり、柳の枝を撫でたりしながら歩いて行く。金髪の子供というだけでも目立つのだが、少女のように愛らしい顔をしているので、通り過ぎる人々は誰もが振り返る。

「おい、十和！」

ダイアモンドは急に大きな声をあげた。

「見てみろ、これ！」

ダイアモンドが蝙蝠の先で示した看板に十和は顔を近づけた。ガス街灯の柱にくくりつけられた板には太い赤文字で、「真の千里眼登場！　夜桜瑪瑙。すべてを当てる千里眼実験　真実をその眼で確かめん」と筆書きしてあった。隅の方に小さく「入場料十銭」と記されている。蕎麦が一杯三銭の時代である。見世物代としては高かった。

「御船千鶴子が死んだばかりだというのにな。いや、死んで新聞記事になったからか」

ダイアモンドは傘の先でコンコンと看板をつついた。

「行ってみよう、十和。吾輩、千里眼の実際は見たことがなかったからな。確認と観察、それが探偵作業の第一だ」


夜桜瑪瑙の千里眼実験の会場は、看板がかかっていた場所からさほど離れてはいなかった。煉瓦造りの小さめの建物で、歩道に面した細長い窓にはすべてカーテンがかかり中は見えない。入り口には着物にハンチング姿の若者が立ち、入場券を売っていた。

すでに実験は始まっているようで、ダイアモンドと十和は入場券を購入して中に入った。

室内は薄暗く、客は床の上に置かれたいくつもの細長い床几（しょうぎ）に腰掛け、正面を見ている。そこには台座が置かれて目隠しをした少女が後ろ向きに座っていた。

色鮮やかな花模様の振り袖、金糸銀糸の帯。まっすぐの黒髪は帯を越え、座っている台座の上にまで流れ落ちて花びらのように広がっている。

少女の左右には蠟燭（ろうそく）の立った燭台が置かれ、その光が少女の影をゆらゆらと揺らしていた。

「あれが夜桜瑪瑙か？」

ダイアモンドは十和にひっそりと声をかけた。

「そのようですね。思ったより若そうです」

もちろん背を向けているので本当のところはわからないが、薄く華奢な背がぴんと立っているのと、艶やかな髪がそう思わせる。

「ん……ん？」

ダイアモンドは金髪の頭を少し傾けた。

「どうしました？」

「いや……、彼女の頭のあたりになにか見えた気がしたのだが……消えた」

ダイアモンドは独り言のように呟くと、ぶるっと頭を振って今度は陽気に言った。

「瑪瑙、なんていかにも偽名くさいな」

「ダイアモンドはどうなんです」

「うるさい」

囁きあっていると少女のそばに立った白衣に眼鏡という医者のような出で立ちの男が、会場の客に向かって声をあげた。

「他に試されたい方はいらっしゃいますか？」

その言葉に応えて一人の山高帽の男が手をあげた。

「それならわしのこれはどうだ？」

男は手に金色の懐中時計を持っている。

「これがなにか当ててみろ」

「わかりました」

白衣の男はうなずくと、「瑪瑙、どうかね」と声をかけた。すると少女が目隠しをされた顔をやや上にあげた。

「……時計……時計ですね。懐中時計です」

細い声に、おおっと会場がどよめく。

「これで五点目だ」

「百発百中じゃないか」

　どうやらダイアモンドたちが入る前にもう何度も当てているようだった。

「じゃあ、今度はわたくし」

　大きなつばのある帽子をかぶった洋装の婦人が手をあげた。

「これはなにかしら」

　手にしているのは首飾りだった。真珠で作られているのか、白い小さな珠が連なっている。

「……首飾りですわ。なにか白い粒が見えます」

　少女が小さな声で、しかしはっきりと答える。拍手が沸き起こった。

「くだらん」

　ダイアモンドは十和に言った。

「以前リズ伯母さまに聞かせてもらった曲馬団の見世物と同じだ。彼らはサクラだ。あらかじめ仕込んであるのだ」

　ちょうど拍手がやんだところで、ダイアモンドの最後の言葉は意外に大きく会場に響いてしまった。観客たちが一斉にこちらを振り向く。

「す、すみません。子供の申すことですから」

十和が慌てて謝る。だがダイアモンドは腕を組んでふんぞり返った。

「吾輩のような子供にもわかるお粗末な見世物だと言っているんだ」

その声に少女の体が揺らぎ、彼女はすうっと立ち上がった。長い髪は足下まで届くようだった。

「だったらお前を当ててあげる」

少女は後ろ向きのまま言った。声には今までのようなか細さはなく、張りがあった。

「お前は日本語を話しているけれど、金髪の異国の子供だわ。白いシャツに学生服。黒い学帽をかぶっている。隣にいる男は格子のジャケット。どう?」

ダイアモンドは驚いた。確かに少女の言うとおりだ。

「鏡があるんだろう！　鏡でこちらを見ているんだ」

思わずそう叫ぶと少女はゆっくりと首を振った。

「この舞台に立つ前に、観客のみなさんが舞台を調べてくれたわ。あとから入ってきたお前は知らないだろうけど」

凛然と言い放つ。すると観客たちも「そうだそうだ」「確かに調べた」と言い出した。

「うう……」

ダイアモンドは床几から立ち上がり会場を見回した。どこかに仕掛けがあるのだ、それを見つけ出してやるとあちこちに視線を飛ばす。

「坊ン」

　十和がダイアモンドの服の裾を引っ張った。観客たちが敵意のある眼を向けてくる。ダイアモンドはうなだれた。

「……申し訳なかった」

　謝罪に満足したのか、少女はゆっくりと腰を下ろす。

「さあ、次は予言をしてあげる。そうね、近いうちにここで——銀座でなにか事件が起きるわ。どこかのお店に盗人が入る……」

「瑪瑙！」

　白衣の男がとがめるような声をあげた。

「予言は今日の実験の題目ではない」

「あら、だって視えたんですもの」

　少女がすました声で答える。

「そ、それはどこだ？　どの店に泥棒が……っ」

　商店主らしい男が焦った様子で立ち上がって叫ぶ。しかし少女は後ろ向きのまま首を振った。

「ごめんなさい、そこまではわからない。でも用心することね……」

そう言うと少女はがっくりとうなだれる。

「疲れたわ。もう透視も予言もできません」

白衣の男が少女の背を抱き、立ち上がらせた。

「今日の実験はこれでおしまいです。あと二日、こちらの会場で続けますので、ぜひみなさまお知り合いとお誘い合わせていらっしゃってください」

男はそういうとそそくさと少女を連れて奥へ引っ込んでしまった。同時に部屋の中にいた使用人らしき男たちがさっと部屋のカーテンを開ける。曇り空とはいえ、外の光に暗さに慣れた観客は眩しそうな顔をした。そして思い思いに話しながら立ち上がって出口に向かう。

客たちは一番後ろの席に座っているダイアモンドをじろじろ見て、あるいはあからさまに嘲笑の表情を浮かべて通り過ぎていった。

ダイアモンドはそれに屈辱を感じはしなかった。少女が本物だと感動していたからだ。

「すごいぞ、十和。彼女は本物だ、本物の千里眼だ」

「どうでしょうね……」

「だってトリックもなにもなかったんだぞ」

「私たちにわかるトリックはなかったってことです」

興奮して大声になるダイアモンドに、十和は囁き声で応えた。

「お前、懐疑主義もそこまでいくと嫌みだぞ」

「──俺はそっちの兄ちゃんに賛成だな」

不意に背後から低い声が割り込んだ。振り向くと黒い巡査の外套をまとった髭面（ひげづら）の男がいる。年の頃は五十を越えたところか、制帽の下の髪にはちらほらと白いものが見えた。

ちょっと人を圧するような強面の顔は、冬だと言うのに黒く灼（や）けている。

「賛成って……」

「仕掛けがあるんだろうってことだ。ちょいと前まではお告げとか神降ろしとか言ってたが、今は超能力って耳当たりのいい言葉がある。流行に乗って一稼ぎしようってやつらだろう」

「そんなことはない。超能力者も霊能力者も本当にいる！」

ダイアモンドは思わず声を荒らげた。それに巡査はからかう口調で、

「へえ、じゃあ坊主はお化けや妖怪もいるってくちかい」

「いるとも！」

「へへえ」

巡査はにやりと笑った。笑うと案外愛嬌のある顔になる。

「そんな坊ちゃんにはこいつをやろう」

そういうと巡査はポケットからなにかを取り出し、ダイアモンドに差し出した。それは守り袋のようだった。

「そんなものはいらない」

「いいから取っておけ」

巡査はぽんと守り袋を放る。ダイアモンドは慌てて両手で受け取った。

「じゃあな」

巡査が外套を翻して出口に向かう。その姿が見えなくなってからダイアモンドは守り袋を見た。

「これは――」

そこには黒地に白く『宇佐伎神社』と染め抜かれている。

「な、なんであいつがこの神社のお守りを……」

ダイアモンドはその名をよく知っていた。エリザベスが庭の隅に祀っている小さな祠。それは北海道函館にある宇佐伎神社の分社なのだ。

三　夜桜瑪瑙

ダイアモンドはもう一度夜桜瑪瑙に会いたいと思った。それで椅子を片付けている青年に頼んでみることにした。

「吾輩はダイアモンド・パーシバル。改めて先ほどの詫びをしたいと伝えてほしい」

青年は少し待つように言って部屋の隅のドアへ消えた。やがて扉を開けると、「こちらへどうぞ」と手招きした。

通された部屋の中はがらんとしていて、木製の椅子と机、くたびれたソファ、どこから拾ってきたような年季の入った水屋くらいしか置いていない。実験会場として部屋を借りたのならそのくらいしかなくても仕方はないだろう。

ソファの上には夜桜瑪瑙が実験時と同じ着物で座り、肘掛けにのせた手で頬を支えていた。初めて正面から見た彼女は京人形のような美少女で、目が大きく、唇の紅さが目立った。

「やあ、さきほどはどうも」

白衣の男は愛想よく言った。

「ダイアモンド・パーシバルくんだね。私は精神科医の高木です。……君は、パーシバル商会となにか関係があるのかな？」

「パーシバル商会は伯母の会社だ」

「ほう。ずいぶんと日本語がお上手だが」

「吾輩、日本で生まれて日本で育っているからな」

高木は「ほうほう」と梟のような声をあげ、大きくのけぞって見せた。

「ではそちらは？」

視線を受けて十和がぺこりと頭を下げる。

「久谷と申します。商会の使用人です」

「坊ちゃんの子守というわけだね」

「そんなところです。パーシバル商会をご存じでしたか」

「この銀座で商売をしようというものなら知らぬものはおらんよ」

高木は両手を広げた。ダイアモンドはそんな医者にチラリと青い目を向けたあと、彼のそばのソファに座る瑪瑙に頭を下げた。

「さきほどは無礼な発言をして申し訳なかった。改めて謝罪する。君が本物の超能力者だとわかり、吾輩はとても興奮している」

瑪瑙は頬に手を当てた姿のまま、じろりとダイアモンドを見上げた。

「謝りにだけ来たんじゃないんでしょう？」

「うん。君と話がしたいと思ったんだ」

「話？」

「超能力や霊能力、つまり人の持たない力について」

「好奇心？」

「それだけじゃない」

「ふうん」

瑪瑙は頬から手を離し、頭をまっすぐあげた。ダイアモンドは少女の白い頬がうっすらと赤くなっていることに気づいた。

「どうかしら、ドクター」

高木は四角い顎を人差し指で撫でた。

「いいんじゃないか？　あのパーシバル商会の身内の方だ。お話くらいしてあげなさい。あまり失礼のないようにね。それから」

医者は顎に触れていた人差し指を口の前に立てた。

「わかってるわ」

瑪瑙はソファから立ち上がった。

「着替えるから外で——通りで待っていて」

ダイアモンドはうなずいて十和を促し部屋の外へ出た。


ダイアモンドと十和は、建物の前に立つ歩廊の柱によりかかって瑪瑙を待っていた。一本向こうの大通りから電車の通るゴオッという音が聞こえてくる。

ダイアモンドが物心ついたときにはもう電車になっていたが、それ以前は鉄道馬車というものが通っていた。本物の馬にイギリス製の真っ赤な箱馬車を引かせ、線路の上を走るものだ。便利ではあったが馬糞の臭いがひどかったらしい。それでも馬が引く馬車の方が絵面としては優雅でいいと、ダイアモンドは当時の絵葉書などを見て思っていた。

「おまたせ」

キイと扉の開く音がして、夜桜瑪瑙が顔を出した。舞台上の派手な振り袖とは違い、紺と臙脂(えんじ)の縞に繻子(しゅす)の黒帯という地味な装いだ。その上に男物の外套を羽織っている。ずいぶん丈が長くぶかぶかなので、医者のを借りたのかもしれない。

長い髪は背中のあたりで一度まとめ、その先を輪っかにして結んでいた。化粧も落としているので、こうして見ると……。

「なによ、じろじろと」

瑪瑙が眉を跳ねあげる。

「いや、さっきよりかわいらしいなと思って」

ダイアモンドが素直に答えると、瑪瑙はきょとんとしたあと怒った顔を作った。

「生意気な坊ちゃんね。お前いくつなの？」

「去年十二になった」

それを聞いて瑪瑙は得意げに顎を上げた。

「あたしは十三よ。あたしの方がお姉さん。ませた口を利くんじゃないの」

「あと三ヶ月で十三になるぞ」

「それでも年下でしょ。あたしのことはお姉ちゃんと呼びなさい」

「ええー!?」

ダイアモンドは心底いやそうな声をあげた。

「外国では実の兄弟姉妹でも名前で呼ぶんだぞ」

「ここは日本だわ」

「じゃあ……瑪瑙ちゃん」

瑪瑙はそう呼ばれた瞬間、確かに飛び上がった。

「やめてよ、気持ち悪い！」

「なら、瑪瑙でいいかい？」

少女は顔を赤くして歯噛みしていたが、やがて諦めたように肩を落とした。

「わかったわよ、瑪瑙でいいわ」

「吾輩のこともダイアでいいよ」

ダイアモンドはにっこり笑うと得意げに十和を見上げてきた。十和は片眉を持ち上げて「お子様ですか」と言いたげな顔をした。

「で、話って？」

瑪瑙は外套の前をかきあわせ、寒そうに身をすくめた。

「外じゃ寒いからどこかお店の中に入ろう。花椿館って喫茶店には行ったことある？」

「知らないわ。あたしたちここには昨日来たばかりだもの」

「じゃあ行こう。ケーキやアイスクリームがあるんだ。おいしいよ！」

「アイスクリーム!?」

瑪瑙の顔が輝いた。そうすると神秘的な表情は消え、あどけない娘の顔になる。

「ほんと!? 前に一度だけ食べたことがある！ とってもおいしかった」

「うん」

　ダイアモンドも嬉しそうに答えた。

　銀座大通りにある喫茶店に入ると、ダイアモンドはソーダ水とアイスクリームを頼んだ。少し離れて十和もテーブルに座る。二人を眺めながら珈琲を注文した。

「冷たい、甘い、おいしい……」

　瑪瑙はスプーンにアイスクリームを少しずつとって大切そうに口元に運んだ。

「これ、持って帰れないのかしら。食べさせてあげたい」

「お医者さんに？」

　ダイアモンドが言うと瑪瑙ははっとしたように目をぱちぱちさせた。

「そ、そうね。ドクターに」

「君のほっぺ」

　ダイアモンドは自分の右頰を指さした。

「赤くなってる。あの医者に叩かれたんじゃないの？」

「……」

　瑪瑙は黙って右の頰を押さえる。

「どうして叩かれたの？」

「あたしが余計なことを言ったからよ」

「あの予言？」

瑪瑙は答えずスプーンを口に入れた。

「アイスクリーム……前はどこで食べたの？」

ダイアモンドはグラスに入った麦わら製のストローでソーダをかきまぜた。氷にぶつかった泡がパチパチはじける。

瑪瑙はアイスクリームのとろけた部分をスプーンの裏で撫でてきれいに整えた。

「どこかの子爵だか男爵だかのお屋敷よ。今日みたいな見世物をしたときに食べさせてくれたわ」

「見世物なんて……実験だろ」

「見世物よ。みんな超能力なんて信じてないわ」

瑪瑙はぺろりと唇をなめて言った。どこか自嘲的な調子がある。

「吾輩は信じるよ」

「それ、」

瑪瑙はスプーンでダイアモンドを指した。

「それなんなの？　吾輩って。変な言葉ね、聞いたことがないわ」

少し離れたところにいた十和はその言葉に顔をあげた。彼もダイアモンドのおかしな自称についてさんざん聞いたのだが、理由はまだ教えてもらっていなかった。

「『吾輩は猫である』、知らない？」

「知らないわ」

「夏目漱石って文学者が書いた小説だよ。そこに出てくるんだ。猫が自分のことを吾輩って言う」

そう言えばそんな小説が話題になっていたな、と十和は思い出す。

「お前、猫なの？」

瑪瑙の身も蓋もない言葉に思わず吹き出しそうになり、十和は口元を押さえた。

ダイアモンドは頬をふくらませると、ソーダの入った細長いグラスを両手で抱いた。

「吾輩はこの見た目で日本語を話すからね。中にはそれが気に入らない人間もいるんだ。だけど吾輩って言っておけば、外国人がおかしな言葉を話しているって評価が甘くなるんだよ」

十和はドキリとしてダイアモンドを見つめた。彼が自分の容姿に対してそんな感情を持っているとは知らなかった。いつだって自信満々で「帝都の美少年」と自認しているくせに。

　瑪瑙は眉をひそめてダイアモンドを見つめた。

「そんなのおかしいわ。お前……ダイアは日本で生まれて日本で育ったって言ってたじゃない。だったら日本語を話すのは当たり前なのに」

「その説明を毎回するのも面倒なんだよ」

「人は違いを見つけて攻撃するのに、逆に違いを見つけて喜ぶのね」

　独り言のように呟かれた言葉に十和は少し驚いた。この少女、頭がいいじゃないか。

「まあそれだけじゃない。吾輩ってかっこいいと思うから使っているんだ。なんせ吾輩、探偵だからね。多少は人と違った方が**らしい**だろ？」

　そうだ、そっちの方がダイアモンドらしい。十和は二人から視線をそらせて珈琲に専念した。

「たんていって、なに？」

「真実の使徒さ。謎を解き明かし、暗闇の中に光を照らすもの！」

「ダイアの言ってることって難しくてよくわかんないわ。ガス灯に火でもつけるの？」

　十和はまた笑いそうになった。こっそり窺うと、ダイアモンドはがっくりと首(こうべ)を垂れ、テーブルに額を打ち付けている。

「違うよ、事件が起こったらそれを解決して犯人を捕まえるんだよ」

「なんだ、巡査ごっこね」

瑪瑙はスプーンのへりを使って溶けたアイスクリームを集め、最後のひとくちを口に近づけた。

「ごっこじゃない！」

ダイアモンドはきっと顔をあげる。

「吾輩はプロフェッショナルだ。どんな事件だって解決する」

あむ、と瑪瑙はスプーンを口に入れ、甘さの余韻を楽しむように目を閉じる。やがてスプーンを口から引き抜くと、その丸い部分をダイアモンドに向けた。

「ふうん？　たとえばどんな事件を解決したの？」

「それは――」

ダイアモンドはうつむいてストローでぷくりと泡を立てた。

「まだだけど」

瑪瑙は黙ってスプーンをぶらぶらさせている。

墓穴を掘ったな、坊ン。だからどんな依頼でもこなしておけばよかったのに、と十和は胸の中で突っ込む。

「まだだけど、いつか必ずだ！　これまでは吾輩の気に入る事件がなかった。吾輩が求めるのは不可思議な事件、人の力とは思えない出来事、誰にも解けない謎!」

「人の力とは思えない、ですって?」

瑪瑙はカチリとスプーンをガラスの器に置いた。

「それで超能力なんてものに興味を?」

「そのとおりだ!」

ダイアモンドは身を乗り出す。

「君の超能力は本物だ。あの御船千鶴子にも負けないだろう」

「御船、千鶴子」

瑪瑙の視線が下を向く。

「その人、亡くなったんですってね。ドクターが新聞を読んでくれたわ」

「ああ」

「自殺、だって」

「うん」

瑪瑙は手元の紙ナプキンを両手で小さく畳み始めた。

「彼女は殺されたのよ」

「え?」

「人の心ない言葉や冷たい目に耐えられなかったんだわ。さっきも言ったけど、人は自分と違うものには残酷なの。檻の中の動物が自分と同じ顔をしていることに耐えられないのよ」

「君は――」

ダイアモンドはテーブルの上に載っている瑪瑙の手に自分の手を重ねた。

「今までそんなつらい目にあってきたの？」

瑪瑙は不思議なものでも見る目で、自分の手の上にあるダイアモンドの手を見つめていた。

「黙っていたことがあるんだ。吾輩は――吾輩も、人と違うものが見える」

「え？」

瑪瑙はさっと手を払いのけた。

「お前も自分が超能力者だって言うの？」

ダイアモンドは払われた手のひらをじっと見つめる。そこに答えが書いてあるかのように。

「――吾輩のはちょっと違う気がする。吾輩の遠いご先祖さまにドルイドというものがいた。西洋の巫（かんなぎ）だ。神と対話し精霊の声を聞く。その血を引いたのか、吾輩も時折この世のものではないものを見聞きするんだ」

「うそ」

「ほんとだ。こっちの都合もおかまいなしに見える時もあれば、集中しないと見えない時もある。君の透視はいつでもできるの？」

瑪瑙は首を振った。

「今はできない。あたしのもう一つの目が寝ているから」

「もう一つの目？」

「透視にはその目を使うの。でも疲れるからしょっちゅうはできないのよ」

「なるほど、君は自分で力を制御できるんだね」

瑪瑙はうっすらと暗い笑みを見せる。

「どうかしら……」

不意に店内にボンボンと鐘の音が響いた。壁に取り付けられた振り子時計が時間を告げたのだ。はや五時になっていた。

「もう行くわ」

瑪瑙は文字盤の数字を見て立ち上がった。

「アイスクリームありがとう。おいしかった」

「待って」

ダイアモンドは接客係を呼び止めると、クッキーを一缶頼んだ。持ってきてくれたそれを瑪瑙に渡す。

「アイスクリームは持ち帰れないけどこれをお土産に」

クッキーの缶には色とりどりの花とハチドリの姿が描かれていた。

「きれいね」

瑪瑙は目を輝かせて缶に見入った。

「また会える？」

ダイアモンドの言葉に瑪瑙はすぐには答えなかった。

「……実験は明日もすると思うわ」

「じゃあ観に行く。そのあと遊ぼう。銀座を案内するよ」

「ドクターがいいって言ったら……」

「うん」

ダイアモンドは箱を持つ瑪瑙の両手をそっと包んだ。

「また明日ね」

瑪瑙は唇を噛むと、さよならも言わないで背を向けた。ダイアモンドはその姿がドアの向こうに消えるまで見送っていた。

「坊ン」

十和が席を移ってダイアモンドの前に座った。

「毎日見物料十銭にアイスクリーム二十五銭じゃお小遣いがなくなっちゃいますよ」

「喫茶代は出しておいてくれ」

「私の財布を当てにされても困ります」

「必要経費だ。そのうちまとめて返す」

「仕事もしてないのに必要経費はおかしいでしょう」

ダイアモンドはグラスから麦わらのストローを取り出すと、底の氷をザラザラと口に入れた。

「どんなことも探偵の糧となるのだ！」

十和は呆れた様子でため息をつくと、窓の外を見た。縞の着物の瑪瑙が通りを渡ってゆくのが見える。そのとき不意に奇妙な感じを受けた。誰かがこちらをじっと見ているような……。

しかし、窓の向こうには瑪瑙の背中しかない。他の人々も自分たちの目的を持って歩いているだけだ。

（なんだ？　誰だ？）

やがて瑪瑙の姿も黄昏に溶けてゆく。

視線を前に戻すとダイアモンドが不思議そうな顔でこちらを見ていた。

「どうしたんだ？」

「いえ、別に。——家に戻りましょうか」

「ん」

小さな主人にマントを着せ、店から出る。通りのガス灯にはもう火が入って、煉瓦の街を優しく照らし出していた。

四　強盗（おしこみ）事件

その日の夜、銀座の煉瓦街の宝飾店に強盗が入った。店の扉には厳重に鍵がかけられ、窓には割られないように網も貼ってあった。だがその鍵は恐ろしい力でねじ切られ、店の中の高価な宝石が根こそぎ奪われてしまったのだ。

その犯罪には目撃者がいた。街を見回っている巡査二名だ。

巡査たちが見た強盗犯たちは、なんと、いずれも顔を二つ持っていた……!?

「さあさあ、大変なことが起こったよ！　銀座の街に一大事だ！　犯人は恐ろしいことに両面宿儺の化け物だ！　片方の顔は美しい女性、片方の顔はおぞましい般若！　つまりだね、犯人たちは顔の前と頭の後ろにそれぞれ別なお面をかぶっていたんだよ！　小面に般若、翁に媼、オカメにひょっとこ、狐に兎。どちらが前か後ろかわからない。その犯人たちにしゃにむに飛びかかった巡査の一人は頭をかち割られたっていうからおっかない。こんな連中を野放しにしておいていいのかい!?　さあ、続きはこの号外だ！」

被害にあった店の前で新聞売りが堂々とぺら一枚の紙を振り回している。集まった野次馬たちはわれもわれもとその紙切れを奪っていったが、結局呼び込みの口上以外のことは書かれてなかった。

「詳しくは明日の新聞をお楽しみに！」

新聞売りが口からつばを飛ばして叫んでいると、宝飾店の扉が開いて巡査たちが出てきた。

「おいこら、お前らうるさいぞ！　あっちでやれ、あっちで」

犬を追い立てるように警棒を振って野次馬たちを追い散らす。しかし、野次馬たちは開いた扉から中を覗き込もうとかえって集まってきてしまった。

ダイアモンド・パーシバルはその話を朝、学校で聞いた。

銀座と日本橋の境目あたりにある、生徒数百名程度の中学校、銀座橋学園が、彼の通う中学校だ。

明治五年から児童は男女の区別なく教育を受ける義務が生じ、日本の各地に公立・私立の小学校が作られていった。就学率は明治三十五年には九十%を超えたという。さらに勉強をしたいという熱意を受け、中学校も増えた。

銀座橋学園は周囲をぐるりと漆喰塀に囲まれ、ステンドグラスのはまった聖堂と鐘楼(しょうろう)を持つ。黄色い煉瓦造りの洋風校舎は、銀座大通りから見物人が流れてくるほど美しい建物だった。

「夜明け前から父上たちが大騒ぎしているのを聞いたよ」

銀座商工会の会員を父に持つ朝倉福太郎(あさくらふくたろう)がダイアモンドに最初に教えてくれた。福太郎はその名のとおり、ふくふくと丸い頬で、いつも笑っているような顔をしている。

「そういえば朝食のとき、リズ伯母さまがいなかった」

ふだん、一緒の朝食をかかさないエリザベスがいなくて女中に聞いたのだが、答えをごまかされてしまった。十和も「存じません」とすましていたが、きっと知っていたに違いない。強盗の話をすれば自分が興味を持って学校へ行かないと踏んだのだろう。

「犯人は両面宿儺なんだって」

「両面宿儺？」

ダイアモンドが首をかしげると、福太郎はメモ帳を開いた。

「うん、調べてきた。ええっと……両面宿儺は大昔——仁徳天皇(にんとくてんのう)の時代に飛騨(ひだ)地方を荒らしまわったという鬼なんだ」

「鬼？」

「そう。一つの胴体に二つの顔あり。それぞれ反対の方を向いている。胴体にはそれぞれ手足があり、左右に剣を帯び、四つの腕で二張りの弓矢を用い、皇尊(すめらみこと)に従わず、人民を略奪することを好む……日本書紀に書いてあった」

福太郎の家には学校の図書館顔負けの蔵書があるという。そこから書き抜いてきたのだろう。

「へえ、ひどいやつだね」

「でも結局は皇命によって武振熊命(たけふるくまのみこと)に討たれてしまうんだ」

「両面宿儺……」

ダイアモンドは脳裏に二つの顔と四本ずつの手足を持った怪物の姿を思い浮かべた。

剣や弓を持って人々を殺戮していく鬼畜。

「しかしこれは……瑪瑙の予言どおりだな」

ダイアモンドが腕を組んで呟くと、福太郎が飛びついた。

「そう、それ！　ダイアくん知ってるの？　大人たちがなにかそんなこと言ってたんだけど」

「うん。昨日夜桜瑪瑙という超能力少女の実験を見たんだけど」

「超能力!?　ダイアくん、そんなの信じてるの？」

福太郎が顔を近づけて囁いた。

「信じるもなにも、そのとき瑪瑙が予言したんだ。銀座の商店街に泥棒が入るって。いつとは言ってなかったけど、その日の夜なんてすごいよ」

「へえ……っ」

「今日も実験するって言ってたから吾輩、放課後行ってみるつもりだ」

「僕も行きたい！　ダイアくん、連れてってくれるかい？」

「いいよ」

ダイアモンドは軽く請け負った。友人に美しい瑪瑙を見せたいという気持ちがどこかにあったのだ。

五　予言する少女

実験会場についたダイアモンドは驚いた。会場には昨日どころではない、大勢の人間が押しかけていたからだ。

「こりゃあ、昨日の予言的中の噂を聞きつけてきたんだねえ」

入り口の黒山の人だかりを見て福太郎が呆れたように言う。

会場側が用意していたチケットはすでになく、それでも入り口の男に二人分の二十銭渡すと、彼はそれを賽銭のように後ろのバケツに放り込み、中に入れてくれた。

「こっちこっち」

ダイアモンドと福太郎ははぐれないように手をつなぎ、大人たちの隙間を縫って前へと進んだ。

床几にも人々がぎっちりと詰まって隙間もない。カーテンを閉めなくても人の多さで部屋の中には光が入ってこなかった。

「本日はたいそう大勢の方が実験に興味を持ってくださったようで」

医者の高木もあまりの人の多さに驚いているようだった。

「それでは夜桜瑪瑙の透視実験を始めます」

昨日と同じ、振り袖を着た瑪瑙がするすると舞台に現れた。大勢の観客に驚きも怯えも見せず頭を下げる。

瑪瑙の目はすばやくダイアモンドを認めたようだったが、彼女の表情は冷たく動かない。

「かわいい子だねえ」

初めて彼女を見た福太郎は思わず声をあげ、慌てて口元を覆った。

瑪瑙は後ろを向いて舞台の上に座った。長い髪が黒い花のように広がる。

医者は舞台の上で手に五枚の大きな札を持って上がった。その札にはそれぞれ絵が描かれている。

その札の一枚を上にあげ、右の観客、左の観客、そして前の観客に見せ、裏に描いてないのを確認させるために一度ひっくり返した。そのあとそれを床に置いた椅子の上に伏せる。

「さあ、今の札に描いてあったのは？」

「星よ」

瑪瑙はすぐに答えた。おおっと観客がどよめき拍手が起こる。

高木はそんな風に五枚の札を次々と当てさせ、そのあとは観客の中から人を選び出して、その人の持ち物を当てさせた。

その実験は三人ほど続いたが、不意に会場の中から声が飛んだ。

「予言はないのか！」

続いて別な方からも声がした。

「そうだ、そうだ」

「予言をしろ！　今度強盗はどこに入る!?」

観客たちが思い思いに声をあげ、会場の中は大騒ぎになった。高木はうろたえた顔で手をあげた。

「お待ちください、こんなに騒がれては予知もできません、お静かに！　お静かに！」

すると瑪瑙が背を向けたまますっくと立ち上がった。会場の声がやや収まる。

瑪瑙はゆっくり振り返ると白い美貌で観客たちを見回した。

「もう一度、泥棒が入るわ」

よく通る澄んだ声が響いた。

「どこだ！　どこにはいる！」

「教えてくれ！」

叫んでいるのは店の主人たちなのか。声は必死だった。

「次の満月の晩よ。店はわからない。でもガラスが割られて破片が散らばっているのが見える。夜になったらお店の窓はすべて板で覆ってしまうのがいいでしょう」

おおっと声があがった。何人かは人をかき分けて出口に向かう。さっそく窓を改装するつもりなのか。

「もう疲れました」

瑪瑙がそう言うと高木は壇上で手を振り回した。

「今日はもう実験は終了です！　明日もお休みします！　お帰りください！」

その言葉に観客からは文句も出たが、瑪瑙がぐったりと医者の胸にすがる姿を見せると、諦めたらしい。しぶしぶ人々は出口に向かった。

ダイアモンドたちも人波に押されて出口に向かう。瑪瑙と高木が袖に引っ込む前に、ダイアモンドは振り返って彼女を見たが、瑪瑙はこちらを見なかった。

「すごかったねえ！」

福太郎は素直に感動していた。

「夜桜瑪瑙、すごい美少女だったし、威厳もあった。僕もさっそく父上に申しあげよう。窓に板を張れって」

のだ。

「うん、そうだね」

ダイアモンドは上の空で返事をした。自分を見なかった瑪瑙のことが気になっていた

福太郎を見送って、ダイアモンドは会場に戻った。椅子を片付けている男に言伝(ことづて)をして、ガス灯の下で待っていると、瑪瑙が昨日と同じ縞の着物で現れた。

「やあ」

ダイアモンドは朗らかに挨拶したが、瑪瑙は冷たい表情で彼の前を通り過ぎた。

「今日はお客さんがたくさんで大変だったね」

ダイアモンドは後ろ姿を追いかけて声をかける。昨日と同じように背中でくくった長い髪が揺れている。

「あんな状態でも同じように透視ができてすごいよ」

スタ、スタ、と瑪瑙の草履が石畳を擦る音だけが聞こえている。ダイアモンドは小走りで瑪瑙を追い越した。

「どうしたの？　なにか怒ってるの？」

「べつに」

ようやく瑪瑙が声を出してくれた。

「お客の態度が最悪だったからむかついてるだけよ」

「ああ、確かにね」

ダイアモンドは会場で「予言を！　予言を！」とどよめいていた光景を思い出した。

「だけどあの予言はまずいんじゃないのかな」

ダイアモンドの言葉に瑪瑙は足を止め、振り返る。

「なんで？」

「だって満月の夜って言ったことが犯人たちに知られたら、それじゃあ満月の夜はやめようってことになるじゃないか」

瑪瑙は口をへの字に引き結んだ。

「そうしたら君の予言は外れることになる」

「……別にかまわないわ。ただの予言だもの。なんの根拠もないし」

瑪瑙はまた歩き出した。ダイアモンドは足を速めてその隣に並ぶ。

「吾輩はいやだな。君の予言が外れたら、世間はまた詐欺だペテンだって攻撃するよ。君の信用がなくなる」

「心配してくれてるみたいなことを言うのね」

「心配してるんだ」

瑪瑙は歩みをゆっくりにした。

「今日、子供と一緒に来たわね」

「うん、中学校の友人だ」

「中学校……」

「君の透視の力はいったいいつから発現したんだい？　小学生のとき？　それとももっと前？」

瑪瑙は足を止めるとダイアモンドをまじまじと見つめた。

「あたしが？　小学校に？　行っていたと思うの？」

「え？」

「学校なんか行ったことないわ」

「で、でも小学校は義務教育だよ。子供はみんな等しく教育を受けるべきだって……」

「あたしはね、一年前まで見世物小屋にいたんだよ」

急に瑪瑙は乱暴な口調になった。

「え……」

瑪瑙はガス灯に手を置き、額を柱につけた。

「掘っ立て小屋で縄につながれて、みんなにじろじろ見られて……畜生みたいな扱いされてたんだよ。そんなあたしが学校なんかに行けるわけないじゃないか！　あの医者があたしを買い取ってこんな上等な着物を着せてくれるまでは、ぼろ布を巻き付けて残飯を漁ってたんだ！　お坊ちゃんにはわからないだろうけど！」

「瑪瑙……」

「その名前！」

激しい調子で言うと瑪瑙は振り向いた。

「名前だって、医者がそう名付けてくれるまでは〝おい〟とか〝ばけもん〟とか〝ふたつ〟とか……まともに呼ばれたことがない。学校に行ってきれいな制服を着て、友達と遊ぶような、そんなことしたことがないんだ！」

瑪瑙はまたガス灯に顔を押し当てた。少女がすすり泣いていることに、ダイアモンドはうろたえた。自分が学生服を着て友達と瑪瑙に会いに行ったことが、こんなに彼女を傷つけていたのだ、と思うと胸が痛くなる。

「瑪瑙……吾輩は君を友達だと思ってる。昨日言っただろ、吾輩にも不思議なものが視えるって。家族以外にその話をしたのは君だけなんだ」

瑪瑙が顔をあげた。涙と鼻水がその顔を汚し、ひどくあどけなく見せている。ダイアモンドはポケットからハンカチを出すと差し出した。

瑪瑙はしゃくりあげながらハンカチで涙をぬぐい、洟を拭き取る。

「……ほんとに？」

「本当だ。学校の誰も知らない秘密だ」

「あたしだけ、知ってるの？」

「ん」

ダイアモンドは瑪瑙の手をそっと両手で包んだ。

「友達同士の秘密だ」

ひっく、と瑪瑙は大きくしゃっくりをした。もう一度洟をすすりあげると、手を引き抜いてハンカチを目に当てる。

「……ダイアのハンカチ、汚しちゃった」

「いいんだよ。よかったらそれ持っていて」

瑪瑙はハンカチを広げると、隅の方に刺繍してあるアルファベットを見た。

「これ、なに？」

「吾輩の名前だよ。英語で書いてある。ダイアモンドって」

「そう……」

瑪瑙は刺繍を親指でなぞった。その優しい動きにダイアモンドはなんだが自分が撫でられているような気になって、顔が熱くなる。瑪瑙はハンカチを畳むとそっと着物の胸にしまった。

「銀座を案内するって言ったろう？　こっちに来てみて」

ダイアモンドは瑪瑙の手を引いた。瑪瑙はとまどう素振りを見せながらもついてくる。ダイアモンドが行こうとしているのは大通りではない。

通りの裏の方に回るとそこには江戸から続いたような木造の長屋が並んでいた。

「ここは……」

「銀座の裏の顔だよ。洋風に整備されているのは表だけ。こっちは普通に日本の家屋だ」

瑪瑙は背後を振り向いた。煉瓦造りの建物の背面が見える。顔を戻すと木と漆喰の日本家屋。

「なんだか舞台の書き割りみたいね」

「そうだろ？　帝都だ、銀座だって言っても見えているところだけなんだ」

「この街も両面宿儺なのね」

「両面宿儺？」

「新聞を読んでもらった。宝飾店を襲った犯人たちは両面宿儺だって」

「ああ、お面を二つかぶっていたから」

「両面宿儺の街を両面宿儺の強盗が襲う。理にかなっているじゃない」

瑪瑙の唇が歪んで嘲るような笑みが浮かんだ。ダイアモンドは少女の手をぎゅっと握った。

「なに……」

瑪瑙が驚いたように振り返る。

「こっちの人たちはみんな懸命に生きている。強盗は犯罪者だ、一緒にするな」

ダイアモンドは声を強めて言った。瑪瑙は目を見張ったまま、ダイアモンドの顔を見つめ、やがてうなだれた。

「ごめんなさい、そんなつもりじゃなかったの」

「おいでよ」

ダイアモンドは瑪瑙の手を握ったまま大通りの方へ歩き出した。

「書き割りの街だとしても日本で一番新しい街には違いないんだ。それはそれで楽しんでいいと思う。赤城屋は入ったことあるかい？　三階建てで、いろんな商品を売っているんだ。覗きに行こうよ」

「う、うん――」

瑪瑙はダイアモンドの手を振りほどかなかった。二人は手をつないでクリーム色の街へ駆けだした。

六　疑惑のハンカチ

翌日の朝食の席に、またエリザベスはいなかった。ダイアモンドはテーブルの上でゆで卵を叩き、丁寧に殻をむく。どんなに小さくても殻が口にはいってしまうとゆで卵が台無しだ。

エリザベスはエッグスタンドを使い半熟卵をスプーンで食べるが、ダイアモンドは固くゆでて丸っと食べる方が好きだった。

(卵の殻ごと食べられればいいのにな、リンゴとかトマトみたいに)

白身の表面に殻がないかじっくりと見回して、ようやく口に入れたとき、エリザベスがリビングに顔を見せた。

「おはよう、マイ・ジュエリー」

エリザベスはそう呼ぶとダイアモンドに近づいて頬にキスをしてくれた。

「おはようございます、リズ伯母さま」

エリザベスは豊かな金色の髪を高く結い上げ、前髪を顔の縁に沿ってゆるやかに流していた。ハイカラーで腰の高さが控えめのバッスルスタイルのドレスを着ている。淡いラベンダー色が彼女の白い肌となじんで美しい。

「私のかわいいダイアモンド。実は学校へ行く前に会ってほしい人がいるの」

「え？　誰ですか？」

エリザベスは少し困ったような顔で笑った。

「銀座の警察署の方たちなのよ」

「警察？」

「私と十和が立ち会うからあなたはなにも心配しなくていいわ。ただ知っていることがあったら答えてほしいの」

「わかった」

ダイアモンドはぱくりとゆで卵を口に入れた。口の中いっぱいに黄身と白身がほぐれていく。それをごくりと飲みくだすと、ナプキンで口の周りを乱暴にぬぐった。

応接室には制服の警官が三人もいた。二人は巡査で、もう一人がそれ以上の階級であることは、服の金糸の縫い取りでわかった。

「ダイアモンド・パーシバルです」

ダイアモンドは部屋にはいると小さく頭を下げた。彼の容姿を見て三人はちょっと身構える。

「日本語わかりますから、どうぞ」

ダイアモンドはそう言うと警察官の前に進んで腰の後ろで手を組んだ。

その様子に一番階級が上の警官が目元を緩めた。歳がいっているが、背が高く、まっすぐな背筋と張りのある胸をしている。

「私は藤田と言う。階級は警部補だ。これから君にいくつか質問をするが、そのすべてに正直に答えてもらいたい」

藤田という警官は穏やかな口調で言った。

「わかりました」

子供だからと言って脅したり舐めたところのない藤田の態度に、ダイアモンドは好感を持った。

「それではまずこれを見てもらおうかな」

藤田がダイアモンドの目の前で小さな布を広げた。それはハンカチだった。泥に汚れ、踏まれたのか靴跡もある。だが隅にアルファベットで自分の名前が刺繍してある。それを見て、ダイアモンドは息が止まるかと思った。

「これは……」

「これは君のハンカチかね」

　ほんの一秒でダイアモンドは表情を変えた。

「はい。僕のハンカチーフです。昨日失くしたと思っていたんですが、どこにあったんですか？」

　その答えに藤田は背後の巡査を振り向き、軽くうなずいた。

「落とした、と言うんだね。ダイアモンドくん」

「はい。学校に行くときポケットに入れました。でも家に帰ってきたらなくなっていたんです」

「そうか。実はこれは昨夜強盗に入られた赤城屋に落ちていたんだ」

「えっ!?」

　再び驚きに心臓が跳ね上がる。昨日？　強盗？

「ま、まさか、両面宿儺……」

「そのまさかだよ。今回も目撃者がいてね。店で警備のために泊まっていた店員が、二つの面をかぶった強盗を見ている。警備の人間は二人もいたのに、一人は重傷を負って入院中だ」

「そこに……僕のハンカチが？」

ダイアモンドは弱々しい声で言った。頭の中は混乱している。このハンカチは昨日瑪瑙にあげたものではないか、なぜ強盗事件の現場に。

「君はこのハンカチをどのへんで失くしたか見当がついているかい？」

藤田の声が労わる調子を見せた。青ざめたダイアモンドを心配しているらしい。

「……放課後学校の友達たちと一緒に、銀座五丁目でやってた超能力の実験を観に行きました。すごい人出で、おそらくそこだと思います」

嘘には本当のことを混ぜるとバレにくい。ダイアモンドは一緒に行った友人の名前も出した。商工会の会員である福太郎の名前が出て、藤田は太く形のよい眉を軽くあげた。

「わかった。その会場に犯人たちがいて、ハンカチを拾った可能性が高い。ちなみにその超能力の実験ではどんなことをしたんだね」

「はい、カードや人の持ち物を当てる透視実験と、予言です」

「予言？」

「銀座の店に強盗がいつ入るかと」

「ほう」

藤田は面白そうな顔をした。

「いつと言ったんだね、その予言をしたものは」

「満月の夜だと言ってました」

「満月ね」

藤田はうっすらと微笑んだ。怖い笑みだった。

「昨夜は三日月だ。犯人たちは予言を聞いて計画を変えたのかな」

「そうかもしれません」

「では我々はその会場にいた人間たちを当たろう。学校へ行く前に悪かったね、ダイアモンドくん」

「いいえ」

ダイアモンドは首を振った。

「警察は犯人の目星はついているんですか？」

そういうと藤田は今度は明るい笑みを見せた。

「いや、まったく」

「警部補！」

巡査の一人がとがめるように叫ぶ。藤田は笑いながらダイアモンドの手にハンカチを載せた。

「事件とは関係なさそうなのでこれは君に返そう。ご協力ありがとう」

三人の警察官は帰っていった。ダイアモンドは手の中の汚れたハンカチを見た。確かに瑪瑙の胸にしまわれたハンカチ……いったいどうして犯行現場にあったのだろう。

「坊ン、学校に行きましょう」

十和が学生鞄を持ってきた。つやつやした黒革のそれを摑むと、ダイアモンドはハンカチをポケットに押し込んだ。


その日一日、ダイアモンドは授業に身が入らなかった。友人たちが話しかけてきても曖昧に返事をするだけで、福太郎には具合が悪いのかと聞かれてしまう。

なんとか学校をやり過ごすと、迎えにきた十和に瑪瑙の実験会場へ行きたいと頼み込んだ。

「もうあの娘と関わらない方がいいんじゃないんですか」

十和は渋い顔をした。

「予言は当たらなかったんだし、本当の超能力者じゃないと思いますよ」

「吾輩は瑪瑙が超能力者だから気にしているんじゃない」

十和はダイアモンドのその言葉にむっと眉を寄せた。

「じゃあなんなんですか」

「瑪瑙は友達なんだ」

十和は呆れた顔をした。

「たった二日会っただけでしょう？　友達というのはずいぶん簡単になれるんですね」

「時間なんか関係ない。瑪瑙は、もしかしたら吾輩だったかもしれないんだ。吾輩が瑪瑙だったのかもしれない。吾輩はリズ伯母さまに愛してもらえたからこんなのうのうと生きていられるんだ」

十和はダイアモンドの丸い頬を両手で挟むと、金色のまつげに縁取られた青い目を覗き込んだ。

「・・・くそガキ」

十和は車夫に戻ったような口調で凄んだ。

「のうのうと生きてなにが悪いンだよ。坊ンは坊ンであの子じゃねえ。坊ンのそれは、ただあの子の不幸に後ろめたい気持ちになってるだけだ」

「十和！」

ダイアモンドと十和は睨み合った。だが、先に目をそらしたのはダイアモンドの方だった。

「瑪瑙のところへ行きたいんだ……十和、頼む」

うつむいてそう言った幼い主人に、十和は大きなため息をつく。

「――いつも生意気な坊ンが泣き落としとはね。調子が狂っちまう」

十和はダイアモンドの両肩を押さえ、くるりと回した。

「いってらっしゃい。でも私もついていきますよ。邪魔しないように離れてますから」

「あ、ありがとう、十和！　でも泣いてないからな！」

ダイアモンドは一度振り向くと勢いよく駆けだした。学帽があおられて地面に落ちる。十和はそれを拾いあげてパンパンと叩くと、その背中を追いかけた。


実験会場には大勢の客がつめかけていた。新聞記者や商店の主人たちだ。閉められた扉の前で「開けろ開けろ」と騒いでいる。

「なんで強盗がはいったんだ！」

「満月の夜じゃなかったのか！」

「でたらめなのか！」

瑪瑙を出せ、医者を出せとわめいているが、応えるものは誰もいない。

ダイアモンドもその人だかりの後ろから、つま先だって中を覗こうとしたが無駄だった。

不意に服の裾を強く引かれた。驚いて振り向くと、毛布(ケット)をすっぽりとかぶった小柄な人が立っている。

「こっちへ」

「瑪瑙?」

「早く」

瑪瑙はそう言うと小走りに会場から遠ざかった。ケットの下は裾をまくった着物に股引という格好で、誰も千里眼美少女とは思わないだろう。

ダイアモンドは瑪瑙を追いかけて、煉瓦街の裏手に回った。

「もう平気よ」

瑪瑙は誰もつけてきていないことを確認してケットを外した。

「すごい変装だね」

「ふふ、似合う?」

瑪瑙は帯に押し込んでいた着物の裾を戻した。

「朝からずっとああなの。予知なんて当たったり外れたりお天気占いみたいなものなのに、みんな大げさだわ」

　瑪瑙は肩をすくめてみせる。予知が当たらなかったことは気にしていないようだった。

「それだけ両面宿儺の強盗が怖いんだよ」

「噂で聞いたけど、また怪我人が出たって……」

「うん、一人重傷だという話だ」

「そう……気の毒に」

　ダイアモンドはガス灯に手をつくと、下から瑪瑙を見上げた。

「あのね、瑪瑙」

「なぁに？」

「これなんだけど」

　ダイアモンドはポケットからハンカチを取り出した。それを見た瑪瑙が目を丸くする。

「ハンカチ！　どうしたの？　どこにあったの？」

「君、これを失くしたの？」

「そうなのよ！　昨日ダイアモンドからもらったあと、ちゃんと洗って、しまったはずなのに、朝失くなっていたの。どこかで落としたと思っていたけど、どうしてあんたが持ってるの？」

「落としたんだね？」

ダイアモンドは今朝藤田から言われたのと同じ質問をした。

「ええ、そうだと思うんだけど……」

瑪瑙はダイアモンドの様子に小さく首をかしげた。いつもと違うと思ったのかもしれない。

「どうしたの？　ダイア」

「これ――これね、」

ダイアモンドは痰が絡まったときのように、何度も咳払いした。

「これ、赤城屋に落ちてたんだ。両面宿儺の犯行現場に」

「え、……」

瑪瑙はぽかんと口を開け、次の瞬間、両手で顔を押さえた。

「そんな、うそ」

「今朝、警察の人がきて、これを渡してくれた。それでどこに落としたのかって吾輩に聞いてきた」

瑪瑙は怯えた顔でダイアモンドを見る。

「吾輩は嘘をついた。それは実験会場で落としたらしいって」

「……あたしをかばったの？」

「そう、なるのかな」

ダイアモンドはハンカチを畳んだ。

「でも今わかった。君も落としたんだね。それをたまたま犯人が拾って、犯行現場にわざと落としていったんだと思う。捜査を攪乱するために」

「……」

「君が失くしたのは真実だものね？」

そうだと言ってほしい、とダイアモンドは祈った。君がそうだと言えば吾輩は信じる。友達だもの、信じ切るよ。

やがて瑪瑙は弱々しく答えた。

「そう、そうよ。失くしたの。どこかに落としてしまったの……」

期待どおりの言葉にダイアモンドは長いため息をついた。

「よかった、そうだよね。ハンカチは改めてプレゼントするよ――」

「だめっ！」

瑪瑙はうってかわって大きな声をあげた。

「そのハンカチがいい。ダイアの名前のはいってるそれが」

「でもこれ、もう汚れているし」

「あたし洗うから。それを持っていたい！」

差し出された手のひらが震えている。ダイアモンドは少したtめらったが、その手の中にハンカチを渡した。

「ありがとう」

瑪瑙はそれを受け取ると、くるりと背を向け左手首に巻いた。

そのとき、ダイアモンドは瑪瑙の髪の中になにか異物を見つけた。

「瑪瑙、髪になにかついて……」

とってやろうと手を伸ばした瞬間だった。

「さわるな！」

頭に直接怒鳴られたような衝撃が走り、同時にダイアモンドの体が背後へ吹っ飛んだ。

「うわっ！」

背中を強く煉瓦塀にぶつけ、息が止まった。

「……う、」

「坊ン！」

遠くで見守っていた十和の声が聞こえた。ダイアモンドが痛みに涙のにじむ目を開けると、瑪瑙が正面に立っていた。うつむいて、前髪が顔を隠してしまっている。

「め、の……」

「は　し　も　と　と　け　い」

低くしわがれた声が、瑪瑙から出ているとは思えなかった。こんな声は瑪瑙のものではない。

「めのう……？」

名を呼び、しかしダイアモンドははっと息を飲んだ。彼の目には異様なものが見えていたのだ。

瑪瑙はダイアモンドの方を向いたままあとずさりした。最初はゆっくり、やがて不自然なほどの速度で。

「待って、瑪瑙！」

「坊ン！」

立ち上がろうとしたダイアモンドの肩が摑まれる。十和がダイアモンドの体のあちこちに触れた。

「大丈夫ですか⁉」

「十和、吾輩どうなったんだ？」

「私は離れて見てたのでよくわかりませんが、坊ンが自分から後ろ向きに飛んだように見えましたよ!?」

「そんな器用なまねができるか」

「ですよね」

十和の手がそっと背中に回った。ずきりと痛んでダイアモンドは顔をしかめる。

「痛みますか?」

「かなり強くぶつけたようだ……でもなんで……」

突き飛ばされたというよりは吹き飛ばされた? 見えない手で思い切り押されたような。

それに今見た瑪瑙は。

「……違う」

ダイアモンドの小さな声に十和が顔を覗き込む。

「なんです? 坊ン」

「違うんだ、今見た瑪瑙は瑪瑙の上にいた」

「上? なんのことです」

「お前は見なかったんだな? 十和」

「だから、なにが」

じれったげに言う十和にダイアモンドは手をあげた。

「十和が見なかったのなら……あれは……あれは……霊なのだろうか？」

「坊ン？」

「どうして生きている瑪瑙の霊が視えるんだ？」

ダイアモンドは十和の手を借りて立ち上がった。さっきまで瑪瑙が立っていた場所を見る。

うつむいて立っていた瑪瑙の上にもう一人、かぶさるように瑪瑙の姿があった。その瑪瑙は必死でなにかを叫んでいた。

（くるな、きちゃだめ！）

そう言っていたようだった。

そしてしゃがれた瑪瑙の声が言った「はしもととけい」。あれは銀座四丁目にある橋本時計店のことだろうか。

いったい瑪瑙になにが起きているのだろう？

少女がどこか手の届かないところへ行ってしまったような、そんな思いにダイアモンドは小さく震えた。

七　両面宿儺

真夜中、パーシバル家の裏口の扉が開いた。小さな黒い影がするりと出てくる。頭には学帽、手には細くまとめた蝙蝠傘を持っている。

それはガス灯の灯りを避けながら、煉瓦街の柱に身を隠して進み出した。しかしいくらも行かないうちに、背後から伸びた手に捕まってしまう。

「坊ン」

「は、離せ十和！」

「離しません。もう三日目ですよ」

十和は黒いマントのダイアモンドを背後から抱えると、抱きあげた。ダイアモンドは地面から浮いた足をバタバタさせる。

「また橋本時計店に行くつもりでしょう」

「そうだ、悪いか！」

「坊ンが行ったってどうしようもないでしょう。現にもう三日、なにも起こってないんですから」

「でも、今日なにか起きるかもしれない。強盗が入るかもしれないじゃないか。吾輩は探偵として起きる事件をみすみす見過ごせないんだ」

　十和はダイアモンドを地面に下ろすと、腰に手を当てて睨みつけた。

「坊ンに捕まえられるわけないです！　相手は何人も傷つけている凶悪犯ですよ⁉」

「危なくなったら逃げる！」

「じゃあ役に立たないじゃないですか！」

　言い合って二人ははあはあと肩で息をついた。

「大体あの娘が橋本時計店の名前を出したからってなんです。予知なんですか」

「わからない。あの声は瑪瑙じゃなかったような気がする」

「私には聞こえなかったですけどね」

「でも吾輩は行かなきゃいけない。瑪瑙が助けてほしいと言ってる気がするんだ」

　本当は瑪瑙は来るなと言っていた。だがそれは十和には言わない。

「頼む、今日はちょっと覗いてすぐ帰るから」

　ダイアモンドはぱんっと両手を合わせて十和を拝んだ。

「こないだもそんなこと言って、結局一時間も寒い中突っ立ってたんですよ？」

「今日はほんとにすぐ帰る。橋本さんが無事かどうか確かめるだけだ」

「もう……っ！」

十和はぶつぶつ言いながらもダイアモンドと一緒に煉瓦街を歩き出した。

夜も十一時を回ると煉瓦街には誰もいない。ただ冷たい風が石畳や線路の上を通り過ぎてゆくだけだ。

時折足音がするのは見回りの巡査だろう。強盗事件が起こってから巡回が増えている。

ダイアモンドたちは巡査の持つ龕灯(がんどう)の灯りを見ると、店の陰に隠れた。

「まるで私たちが強盗のようですね」

十和は外套の襟もとを摑んで身震いしながらぼやいた。

「やつらもこうやって隠れているのかもしれない」

ダイアモンドと十和は巡査をやりすごし、橋本時計店に近づいた。

「ほら、なにも起こっていませんよ。帰りましょう」

「うん……でももう五分だけ」

「またそんなことを。そう言ってこないだも……」

「しっ！」

ダイアモンドは十和の脇腹を強くついた。

「ぐふっ」

身を折る十和の口を塞ぎ、強引に壁に押しつける。

「誰か来た」

「巡査じゃないんですか」

脇腹を押さえた十和が壁からこっそりと顔をだす。

「暗くてよく見えませんが……数人いるようですね」

ダイアモンドたちのいる壁から橋本時計店は二軒置いた先だ。動いている姿は見えても服装や顔までは見えなかった。

「巡査が灯りも持たずに警邏するか」

「え、じゃあ……」

影たちが時計店の扉の前に集まると、バキリッと離れたところへも響くような大きな音が聞こえた。そのあと、扉が開く。彼らは吸い込まれるようにその中へ消えた。

「巡査を呼んできてくれ」

ダイアモンドが小声で十和に言った。

「さっき通り過ぎたばかりだから近くにいるはずだ」

「坊ンは？」

「吾輩はここで見張っている。連中が店を出たあとの方角を見定める」

「わかりました。決して店には近づかないでくださいよ⁉」

十和はそう言うと走り出した。ダイアモンドは十和の姿が闇に消えるのを待ってから、橋本時計店に近づいた。

時計店の中はぼんやりと明るい。犯人たちが石油ランプを持ってきていたのかもしれない。

ダイアモンドは窓にとりつくと、傘の柄で学帽を押しあげ、中を覗いた。店内に四つの影がうごめいている。

それぞれの顔が白いのは面をつけているからだ。新聞に載っていたように、前と後ろ、両面につけている。小面と般若、翁と媼、オカメとひょっとこ、狐に兎。

「両面宿儺……」

盗賊たちは背の高いもの、低いもの、大柄なものとさまざまだったが全員黒装束だ。

低いものはずいぶんと小さい。いや……。

「低すぎる。あれでは吾輩と同じくらい……子供くらいじゃないか」

おまけにその小柄な人物は長い髪をしている。床にまで届きそうだ。

心臓がドキドキ脈打ち始める。いやな予感に背筋が寒くなる。

盗賊たちが店の中に展示してある懐中時計や置き時計を、鞄の中に詰め込み始めた。

一番小さな影は手伝わず見ているだけだ。それがなにか指示するように腕を伸ばしたとき、ダイアモンドの心臓はとどめを刺されたかのように大きく跳ね上がった。

その手首に！

小柄な賊の手首に白いハンカチが巻き付けてあったのだ。

「うそだ……」

ダイアモンドはふらりと店の入り口に近づいた。今見たものはなんだった？　あの手首に巻いてあった白いものはなんだった？

「うそだ、うそだ、瑪瑙……」

扉の前に立ってダイアモンドは叫んだ。

「瑪瑙――！」

店内にいた四人が一斉に振り返る。いや、顔は二つあるのだから本当に振り返ったのかわからない。

その中でも一番小さな、小面と般若の面をつけたものが、般若の方を前にしてダイアモンドの正面に立った。長い髪が面の両側を通って床に垂れている。

こうやって対峙すると、相手が華奢な少女の体を持っていることがよりはっきりわかる。

「瑪瑙……君は、どうして……」

「おい、ガキッ！　殺されたくなきゃ大人しくしてろ！」

横からオカメの面をつけた大柄な男が叫んだ。その手にはナイフがある。ダイアモンドは手に持っていた蝙蝠傘を竹刀のように構えた。

「瑪瑙、君は脅されているだけだろう？　君はこんなことしたくないはずだ。だからこの店の名を教えてくれたんだろう？」

ダイアモンドの言葉に他の三人の面が般若を見る。

「本当か？」

翁の面の男が言った。だが般若は答えない。

「お前、高木だな。その声聞き覚えがある」

ダイアモンドは傘の先端を翁に向けた。翁は面の下で舌打ちする。

「だったらどうした。俺たちはもうこの街を去る。誰にも捕まらないよ」

「お前たちは吾輩が捕まえる！」

「坊ちゃん、なにを夢見てるんだよ」

言いざま、ナイフを持ったオカメの男がダイアモンドに飛びかかってきた。ダイアモンドは傘でその腕を打ち据えナイフを落とすと、もう一人飛びかかってきた狐面の男に向けて勢いよく傘を振った。傘の先端が飛び出し、男の胸に突き刺さる。

「きさま！」

ダイアモンドは今度は傘の柄を引き抜いた。細い鎖がつながっている。それを翁に渾身の力で投げつけた。

「ぎゃっ！」

翁の面が真っ二つになり、同時に柄はダイアモンドに戻った。

致命傷を負わせたわけではないが、三人はダイアモンドから距離をとった。ただの子供ではないと思い知ったらしい。

「もうじき巡査が来る。それまで大人しくしていろ！」

ダイアモンドは三人に言った。彼らは隠れるように小柄な般若の背後に集まる。

「瑪瑙……」

ダイアモンドは傘を右手にしたまま、華奢な影に近づいた。

「自首してくれ」

瑪瑙の腕に巻かれている白いハンカチ。自分の名がついたそれがいいと、彼女は左手の手首に巻いた。そのハンカチが今目の前で揺れている。

「……！」

ダイアモンドは目を見開いた。なにかおかしい。般若の面をつけてこちらを向いている瑪瑙。なにかひどく違和感がある。

「瑪瑙？」

瑪瑙のハンカチが巻かれている手はダイアモンドの左手と同じ位置だった。こちらを向いているならその手は逆になるはずなのに。

つまり右手に巻いてる？

「瑪瑙、じゃない、のか？」

ぐ、ぐ、ぐ、とくぐもった声が般若の面の下から聞こえた。その声はダイアモンドに橋本時計店を教えたときの声と同じだった。

「思ったとおり、来たな」

「来たとも！　面を取れ！」

「取ってもいいのかい」

くぐもった声が答える。

「この下の顔を見たら、お前なんか泣き出してしまうぞ」

「泣くものか！　お前は瑪瑙のなんなんだ」

「俺は瑪瑙に棲むものだ」

「なに？」

般若の腕が——ハンカチの巻いてある右の腕がゆっくりとあがり、面に触れた。紐でくくりつけてあったのだろう、般若と小面の面が同時に床の上に落ちる。

「——！」

ダイアモンドは息を飲んだ。長い髪の間にあったのはひどく醜い、肉塊のような恐ろしい顔だったのだ。

「お前は……瑪瑙じゃない」

「瑪瑙だとも」

それは眉もまぶたも鼻も唇もなかった。ただ目と口の切れ込みだけがある、男とも女ともわからぬ顔だ。年寄りとも子供ともわからない。

「俺は瑪瑙だ。瑪瑙は俺だ！」

それはそう叫ぶとくるりと体を回転させた。

「！」

あまりの衝撃にダイアモンドは叫ぶこともできなかった。そこには瑪瑙の顔があった。長い髪をたらして目を閉じた美しい少女の顔が。こちらが正面の、瑪瑙の姿が。

「お、お前は」

再び瑪瑙の体が反転した。それは瑪瑙の頭の後ろにある顔だった。

瑪瑙は頭の後ろにもう一つの顔を持っていたのだ。

まさに両面宿儺！　伝説の怪物！

「俺と瑪瑙はこうやって生きてきたのさ。生まれたときから俺たちは二人で一人。生まれてすぐに化け物と呼ばれて捨てられて、見世物小屋で育ったんだ」

見世物小屋では名前がなかった、と瑪瑙は言っていた。「おい」とか「ばけもの」とか「ふたつ」とか。

ふたつ。顔が二つあるからか。

「そこの医者がそんな俺たちを買い取った。俺たちで偽物の千里眼をやって金を儲けようとしたんだな」

瑪瑙のもう一つの顔は、翁の面を落とした高木を見て嘲るように笑った。

「背中を向けた瑪瑙に俺が髪の間からカードや客の持ち物を見て教える……千里眼なんて、超能力なんてないんだよ、坊ちゃん」

「……」

「だけどおかしなものだな。千里眼のまねごとをして街から街へ渡る間に俺には不思議な力がついた。ほれ、」

瑪瑙のもう一つの顔がちらっと置いてある置き時計を見る。するとたちまちその時計がダイアモンドめがけて飛んできた。

「うわっ！」

ダイアモンドは思わず傘を開いた。ダイアモンドの傘はボタンを押すだけで、バネで開くようになっている。ボスンと時計が傘の表面で跳ねた。

「俺は周囲のものを手を使わないで吹き飛ばせるようになったんだ」

途端にダイアモンドは傘もろとも後ろに飛ばされた。扉に背をぶつけ、悲鳴をあげる。

「この力を使えばどんな頑丈な鍵も一発で壊せる。俺はこいつらに強盗を持ちかけた。今まで俺らを使っていたが、今や俺が強盗団の首領というわけさ」

「め、瑪瑙は……」

ダイアモンドは扉にすがって立ち上がった。

「瑪瑙は望んでいるのか、そんなこと」

「当たり前だ。俺たちは一心同体、瑪瑙は俺のもんで、俺の言うことならなんでも聞くんだ」

「うそだ、じゃあどうして瑪瑙は眠ったままなんだ！」

ダイアモンドの言葉に瑪瑙のもう一つの顔は口を歪めた。

「——俺たちは一緒に起きているのが難しいんだよ。千里眼のときは無理矢理起きているんだ……だから長く実験ができねえ……」

もう一つの顔は言い訳のようにもごもごと言った。

「瑪瑙は知らなかったんじゃないのか、お前が強盗をやっていることを。自分の体が罪を犯していることを」

「罪？　罪だと？　今更なんだ！　俺たちがこんなふうに生まれたこと自体が罪だろうよ！」

「そんな——」

「もういい。お前は気に食わない。お前と会って瑪瑙が変わった。前は俺を大事にしてくれたのに、今は俺の存在をうとましく思っている」

もう一つの顔の目が炯炯と輝いた。

「お前に瑪瑙の正体を教え、ここで殺してやろうと思っていたんだ。さあ、死んでしまえ！」

その言葉が終わらないうちに、店内にある時計がすべて浮き上がった。そして一斉にダイアモンドめがけて襲いかかってくる。

「——ッ！」

ダイアモンドは腕で顔を覆った。だが、次に来るはずの衝撃は訪れなかった。

「え……？」

顔をあげると目の前に黒い外套が翻った。

「十和！」

「坊ン！　なんで一人で行っちまうんです！」

飛び込んできた十和が外套を広げ、襲いかかってきた時計の群れを受け止めてくれたのだ。足下に時計やガラスの破片が落ちている。

「すまない――」

店の入り口に若い巡査が二人顔を出した。腰のサーベルを抜いて店内に突きつける。

「きさまら！　大人しくしろ！」

巡査たちの姿に瑪瑙の背後の顔は怒りに歯をむき出した。

「しゃらくせえッ！」

再び時計の群れが飛んでくる。巡査たちはその時計に頭や胴を打ち抜かれ、物も言わずに倒れてしまった。

「これは……」

ダイアモンドを庇ってしゃがみこんでいた十和は、空を飛ぶ時計に驚愕の表情を見せている。

「やつは近くのものを自由に動かすことができるんだ」

「なるほど」

十和は立ち上がるとじりっと近寄った。瑪瑙のそばの商品棚はもう空っぽになっている。

「残念だがもうぶつけるものはなさそうだな」

瑪瑙の体が後ろ向きのまま下がる。

「うわあっ！」

野太い悲鳴があがり、瑪瑙のそばにいた男――高木の体が宙に浮かぶ。彼はそのまま十和めがけて吹っ飛んできた。

「ちっ！」

十和が身をかわすと、高木はそのまま窓ガラスにぶつかって外へ飛び出した。

「近寄るのは難しいな……」

十和が呟くと、瑪瑙のもう一つの顔が「げ、げ、げ」と嗤う。

「これならどうだい？」

不意にもう一人、男の声が聞こえた。その瞬間、醜い顔の額に太い釘状のものが突き立った。

「ギャアッ！」

ダイアモンドたちの背後に、実験会場にいた髭面の巡査が立っていた。彼が目にも留まらぬ速さで棒手裏剣を投げたのだ。

「瑪瑙！」

吹き出る血にダイアモンドは悲鳴をあげた。それと同時に瑪瑙が自分の頭を抱える。

「やめろ！」

もう一つの顔が叫んだ。その顔に驚愕と恐れが混じった表情が浮かんでいる。

「や、やめろ……ッ　めのうっ」

「おかげで……起きることができたわ」

瑪瑙の頭がゆっくりと右に回ってゆく。首に引き攣れたしわが浮かんだ。

「ねえ……あんたができることは……あたしにもできるの」

瑪瑙の声がした。少女の声だ。もう一つの顔の背後から。

「瑪瑙!?」

「ダイアモンド……ごめんね……怪我してない？」

涙のにじんだ声で瑪瑙が言う。

「瑪瑙なのか！？」

「ごめんね……こんなの、知られたくなかった……あたしがほんとの化け物だなんて」

「瑪瑙！　君は化け物なんかじゃない！」

ダイアモンドは瑪瑙に駆け寄ろうとしたが、背後から十和に抱えられて動けなかった。

「友達になってくれて嬉しかった……あたし、初めて普通の女の子になった気がして……嬉しかった」

「やめろ！　瑪瑙！　お前も死ぬぞ！」

瑪瑙の後ろの顔が必死に叫んでいる。だが瑪瑙の首の回転は止まらなかった。少しだけ背後の白い少女の顔が見えた。

「瑪瑙！　やめて！」

ダイアモンドは無理矢理十和の腕を振り払い、飛び出して瑪瑙の体にしがみついた。後ろにある瑪瑙の顔は、もう半分以上こちらを向いていた。

「いいの……ダイア……ありがとう……」

瑪瑙の頬に涙が伝う。目を閉じると彼女は優しい口調で語りかけた。

「ねえ……ずっと一緒だから……寂しくないよね？」

その言葉を聞き、わめいていたもう一つの顔が口を閉ざした。それと同時に、一気に首が回転し、ボキリと不気味な音を立てて、ねじ切れてしまった。

「め、のう……」

ダイアモンドの腕の中、少女の体が力をなくして崩れてゆく。

「瑪瑙！　瑪瑙――！」

二つの顔はもうどちらも応えず、ただダイアモンドが揺するままに、血にまみれて揺れていた。

八　事件解決

日曜日、新聞に両面宿儺強盗団が捕まったという記事が出た。しかし二つの顔を持った少女のことは書かれてはいなかった。

あまりに奇妙で恐ろしい事実だったからか、警察はその情報を秘匿した。世間をいたずらに騒がせまいという配慮なのだろう。

「あの顔は人面瘡（じんめんそう）とかいうものなんですかね？」

十和があとからダイアモンドに言った。それに彼は首を振る。

「おそらく結合双生児（けつごうそうせいじ）……百年ほど前にシャム双生児と言われていたものじゃないかと

思う」

「シャム双生児？」

「アメリカの雑誌で読んだことがある。タイで生まれた男性の双子だ。おなかのあたりでくっついて生まれてきて見世物として有名になった。誰にでも起こりえることなんだ」

「夜桜瑪瑙はあの男の顔と頭がくっついて生まれてきたと？」

「かなり稀有なことではあると思うけど……顔が二つに体が一つ……考え方も違ったのだろうけど、彼らはともにずっと過ごしてきたんだ」

ダイアモンドは新聞を畳むと十和と一緒に家を出た。向かったのは日比谷にある寺だ。そこに瑪瑙が葬られている。時計店に現れた巡査がパーシバル家に来て、わざわざ教えてくれたのだ。遺体と一緒にハンカチも埋めたと言っていた。

寺で墓の場所を尋ねると、寺で働く男が教えてくれた。たくさん並ぶ墓の奥、壁に沿って卒塔婆が並んでいる。その一つの前に線香の燃えかすがあった。きっとあの髭面の巡査だろう。

ダイアモンドは持っていた花束を置き、自分でも線香をつけると手を合わせた。

「瑪瑙……」

目を閉じると思い出すのは「お姉ちゃんと呼びなさい」とか「冷たい、甘い、おいしい……」と笑ったそんな普通の少女の顔だ。

「吾輩は瑪瑙を助けられなかった……」

呟くと十和がそっと背中を撫でてくれた。

「坊ンはあの子にいい思い出をあげたんですよ」

「そうかな……」

「ええ。そうです」

線香の煙が空にあがる。ダイアモンドはそれを目で追った。青空に白い雲が浮かんでいる。ひらりとハンカチが翻ったような気がして、目の縁が熱くなった。

探偵事務所に着くと驚いたことに鍵が開いていた。ダイアモンドと十和は顔を見合わせると慌てて事務所の中へ駆け込む。するとダイアモンドのデスクにどっかりと腰を下ろしている男がいた。

「あ、あんたは」

橋本時計店で助けてくれた髭面の巡査だ。ダイアモンドは目をパチパチさせた。

「どうやってここに」

「あんな簡単な鍵ならわけねえよ」

巡査はニヤニヤしている。

「墓参りには行ったのかい？」

「う、うん」

ダイアモンドも十和もこの巡査には得体の知れないものを感じて互いに寄り添った。

そんな二人に巡査はやれやれといった風に苦笑する。

「まあ黙って入って悪かった。これから仲良くやっていこうと思ってな、改めて挨拶に来たんだよ」

「仲良く？」

「俺は北海道から上京してきたばかりでな、こっちには知り合いもいねえからな」

「吾輩たちだって知り合いじゃないぞ」

できればあまりお近づきになりたくない、という意思を込めてダイアモンドは答えた。

「そう言うなよ。お前はアーチー・パーシバルの親戚なんだろ？　俺は北海道でやつにも世話になったんだ」

「パーシバル大おじさまに？」

確かにリズの叔父、アーチー・パーシバルは北海道函館で商社を経営している。

「ああ、そのパーシバルが東京、しかも銀座に行くならリズ・パーシバルを頼れってな。

こっちに着いたとき言われたとおり挨拶に行ったらお前を守ってほしいって言われたんだよ」

「え、……」

「そんなわけでな。なにか困ったことがあったら銀座署の黒木を訪ねてくれ」

「黒木……さん？」

「ああ、いろいろ役に立つぜ。ところでお前は函館のパーシバルやリズ嬢ちゃんと同じようにいろんなモノが視えるんだろ？」

はっとダイアモンドは体を固くする。そのことは極力他人には知られないようにしていたのだが。

「隠さなくていいぜ。俺も函館でおかしなものと剣を交えてきたんだ。なんせ、俺のダチは神様の用心棒をやってるやつでな」

「神様の？」

「用心棒？」

ダイアモンドと十和が同時に問い返す。黒木は巡査服のポケットからお守りを取り出した。それは以前ダイアモンドが黒木から渡されたのと同じ、宇佐伎神社のものだった。

「あ！」

ダイアモンドははたと思い出した。エリザベスがよく話してくれた函館の話。街の人を守る神社とそこに住む侍のことを。

「あんた——黒木さん、ニンジャの黒木さんか」

「忍者はよせ」

黒木は渋い顔をした。

「どうせリズがそう言ってんだろうけど、俺はもう忍者は廃業したんだ。今は巡査——巡査長なんだよ」

「どういうことです、坊ン」

事情を知らない十和が不思議そうにダイアモンドと黒木を交互に見た。

「いや、この人昔ニンジャだったってリズ伯母さまが」

「ああ、だからあの釘みたいな手裏剣」

十和は納得したようだった。黒木は一度天井を仰いだが、やがて腰に手を当ててため息をついた。

「まあ忍者でもいいけどよ。とにかく水の上を走ったり、分身したりはできねえぞ。変な期待すんなよ。よろしくな」

そう言うと片手を差し出す。

十和は渋い顔をしていた。ダイアモンドを守るのは自分だと思っているからだろう。だが、先日のように異能の力を使われたら幼い主を守り切ることは難しい。

「坊ン……せっかくですからよろしくしてさしあげたらどうですか」

「うん」

棒読みのような十和の言葉を聞きながら、ダイアモンドは黒木に手を差し出した。黒木はにかっと笑って少年の小さな手を握る。

「ところで函館から来たばかりでこの髭をどうにかしたいと思っててな。悪いが散髪代を少々貸してくれねえか？」

黒木は自分の顎をざらりと撫でた。途端に十和がダイアモンドを黒木から引きはがす。

「いきなりゆすりか！」

「ゆすりじゃねえよ、お願いだ」

「てめえっ、子供に金を無心するなんて、それが巡査のやることとか！」

激高した十和の口調が屋敷に上がる前の車夫のそれに戻ってしまっている。

「仕方ねえだろ、リズ・パーシバルがなんもくれなかったんだから」

「頼るってそういうことかよ！」

わあわあと目の前で怒鳴り合う大人二人にダイアモンドはため息をつき、窓の方へ寄った。ガラス窓を開けると冬の冷たい空気が入ってくる。

「散髪代はともかくとして、とりあえずみんなでお茶にしないか？」

銀座の煉瓦街に冬の日差しが降り注ぐ。振り向いたダイアモンドの金髪が、太陽のフレアのように彼の白い顔を金色に彩っていた。

第二話　「隠れん坊の幽霊」

Teito Haikara
Tantei cho

一　白い影

香川俊政（かがわとしまさ）はソファの上に座り込み、包丁を胸に抱えていた。壁に作られた暖炉には火が入り、パチパチと大きく燃え上がっている。

部屋は十分暖められていたが、香川は体の震えを止めることができなかった。体は冷たいのに手指や足の先が燃えるように熱い。指先を一本一本火で炙られているようで、包丁を持つのもつらかった。

はっと香川は右を向いた。右には窓があり、白いカーテンが下がっている。今、その布が揺れたような気がしたのだ。だがそこにはなにもいない。

香川は恐る恐ると左を見た。そちらには廊下に出るためのドアがある。ドアは閉まっていたがそのノブがゆっくりと回ってはいないか？

いや、ノブは動いていない。

ほーっと息を吐き出したが、そのあと彼は首を戻せなくなった。なぜなら目の前に誰かいるからだ。

いるはずがない、女中も料理人も追い出した。この屋敷には自分一人のはずだ。では、誰が目の前に立つというのだ。

恐ろしくて見ることができない。目を閉じることもできなかった。

心臓の鼓動が頭から響いてくる。この屋敷に入って以来、ずっと悩まされている頭痛がいっそうひどくなった。

「南無阿弥陀仏、南無阿弥陀仏……」

必死に経を唱え、手の中の包丁の柄を握りしめる。

不意にカランと音をたてて暖炉の薪が崩れた。思わず視線を動かし、目の前を見る。

「……」

そこにはなにもいなかった。

「は、あ、あ……――っ」

呼吸も止めていたらしい。香川は大きく息を吐き、吸おうとした。だが。

頭を　背後から　摑まれた。

「いぃいいいいいっ！」

なにかの手が頭を締め付けている。ぎりぎりとその輪が小さくなる。このままでは頭が潰されてしまう。

恐怖に香川は身もだえて、ソファから前のめりに落ちてしまった。そのとき持っていた包丁が、香川の顎から耳にかけて切り裂く。

「ぎゃああっ！」

鮮烈な痛みが頭痛を一瞬消した。香川は必死にドアまで這うと、廊下に出た。ひんやりと冷気が顔を打つ。

「たすけて……」

香川は糸のように細い声をあげた。

「誰か、たすけて！」

顔から流れる血で廊下を汚しながら、香川はひたすら玄関を目指した。

二　幽霊屋敷

銀座の橋本時計店に押し入った強盗逮捕に協力した、と新聞に出たことで、ダイアモンド探偵事務所は一躍有名になった。

おかげで開業日の日曜には朝から人が大勢押しかけてきた。

ダイアモンドは最初は自分で話を聞いていたが、途中から十和に任せて奥の部屋に引っ込んでしまった。大体の話が人捜しや隣家とのこぜりあい、投機にはどの商品がいいかなど、ダイアモンドの望むような依頼ではなかったからだ。

そんな中、夕方に西陽と一緒にやってきた男性の話は探偵の興味を引いた。

「実はレディ・リズにもご相談させていただいたのですが」

棚橋義孝（たなはしよしたか）という事業家は少年であるダイアモンドにも丁寧な話し方をした。エリザベス・パーシバルは幼い頃から不思議なものを見て、時折危険も知らせていたことを彼はよく知っていた。そんな彼女の甥であるダイアモンドもただの子供と見くびりはしていないようだ。

「幽霊屋敷を調べていただきたいのです」

「幽霊屋敷！」

ダイアモンドはいつものようにマホガニーのデスクの向こうにいたが、その言葉に目を輝かせた。

「どういうことです、詳しく聞かせてください」

子供らしいわくわくとした口調に棚橋氏はにっこりと微笑んだ。

「少しややこしい話なのですが」

「大丈夫です。吾輩、聞いたことは忘れない」

デスクの正面のソファに座った棚橋氏は膝の上で両手を組み、少年探偵を見上げた。

「では、最初から……。実は去年の暮れに、私は品川の方に一軒の西洋屋敷を購入したのです。ただそれは望んだものではなく、ほとんど押しつけられたものだったのですが」

「ふむ」

「私にその屋敷を売却した方、香川氏は私のお得意様です。何度か大きな取引をさせていただいたので断ることもできませんでした。それに彼は現在入院中で、お見舞いの意味もありました」

「重い病気なのですか？」

十和が棚橋氏の前にあるローテーブルにほうじ茶の入った湯飲みを置いた。

「顔の切り傷、それと原因不明の頭痛です。しかし、病気の原因はその屋敷であると、本人は言っています」

「幽霊屋敷だから……ですか？」

ダイアモンドはデスクの上に身を乗り出した。

「香川さんはそう言っています。幽霊に襲われたと。顔の傷は襲われたときに持っていた包丁で切ってしまったそうです」

「幽霊が包丁を？」

「いえいえ、包丁は香川さんが自衛のために持っていたのですが、幽霊に襲われたときソファから落ちて自分で切ったんだそうです。多少縫いましたが命に関わる怪我ではありませんでした」

棚橋氏は少しばかり冷たく聞こえる口調で言った。香川氏に対しては、取引先という以外の感情は持っていないらしい。

「香川さんはその屋敷を銀行の不動産を扱う部から破格の安値で購入し、入居したのですが、幽霊のせいで三ヶ月で出てしまいました」

「ほうほう」

ダイアモンドが楽しげに相づちを打つ。

「本人はひどい頭痛に悩まされ、そのうえ幽霊まで見るのですから、この屋敷は完全に幽霊屋敷です」

「面白い！」

ダイアモンドはパチンと両手を打ち合わせた。

「あなたはその屋敷に入られたことは？」

「まだ足は踏み入れていません。外側だけは見ていますが。本当に幽霊だと……その、祟られると困ると家の者が言うもので」

棚橋氏は照れくさそうな顔をした。普通の人間なら進んで住もうとは思わないだろう。

「香川氏は破格の値段で購入したということですが、彼は最初から幽霊屋敷だと知っていたのですか？」

「いいえ」と棚橋氏は首を振った。「ただ……、人死にが出たため、放っておかれた屋敷だと聞いていたそうです」

「人死に？　しかし人は死ぬものでしょう。病院でだって家でだって」

「普通の死に方ではないのです」

棚橋氏は声をひそめた。ダイアモンドはいっそう身を乗り出し、ほとんどデスクの上に腹ばいになって同じように小声で言った。

「それはつまり……恨みを残しそうな……？」

「はい。以前にその屋敷に住んでいたのはアメリカ人夫婦だったのですが……あとから調べると彼らは殺し合ったとか」

「それはすごい！」

ダイアモンドが拍手せんばかりだったので、十和は「えへん」と空咳した。ダイアモンドはするりと椅子に戻ると、高い背もたれに身を預けた。

「屋敷はそのアメリカ人夫婦の持ち物だったのですか？」

「いいえ、最初にその屋敷を建てたのはイギリス人の家族です。彼らは明治二十年から三十九年まで、十九年住んでいました。その家族も実は大変不幸な目に遭っています」

棚橋は一気にそう言うと、ほうじ茶をゴクリと飲んだ。

「彼らはどんな運命を辿ったのですか？」

十和は棚橋氏のソファの横の丸椅子に腰を下ろして聞いた。

「はい。イギリス人一家には娘が一人いたそうです。その娘が八歳くらいで亡くなり、そのあと夫が、そして妻も事故で亡くなっているんです。それが妻の方はどうも自殺らしい、と」

「自殺？」

ダイアモンドと十和は顔を見合わせた。

「イギリス人なら基督（キリスト）教徒の可能性が高い。基督教では自殺は禁止されているはずだが」

「それでもかまわないほど追い詰められていたということでしょうか」

少年探偵とその秘書のやりとりに、棚橋氏もうなずいた。

「屋敷のそばの浜に遺体が打ちあげられたそうです」

ダイアモンドは椅子から立ち上がると、デスクを回って棚橋氏の向かいに立った。

「旦那さんの死因は？」

「さあ、どうでしたかな。すみません、そこのところは聞いておりませんでした」

棚橋氏は申し訳なさそうな顔で首を振った。

「家の契約書や来歴を記した物はお持ちですか？」

「はい、こちらに」

棚橋は屋敷の購入契約書をローテーブルの上に並べた。ダイアモンドはそれを取りあげ目を走らせる。

明治二十年　ジョージ・チャリング築。
明治三十九年　チャリング夫人死亡、契約に従い東西銀行が屋敷を所有
同年ロバート・レイノルズに賃貸。
明治四十年　レイノルズ夫妻死亡。
明治四十三年　香川俊政、東西銀行より購入　同年売却　同年棚橋義孝購入

「契約に従い、とはどういうことですか？」

「はい、チャリング氏は屋敷を建てるさい、東西銀行からお金を借りたんです。それを分割で返金していたんですが、結局夫妻が死亡したので借金が残ってしまった。そう

いった場合、東西銀行が差し押さえるという契約のようです」

「なるほど、それで銀行は屋敷をアメリカ人夫妻に貸し出したと。しかしレイノルズ氏はほぼ二年しか住んでないぞ」

青いインクで綴られた筆記体の署名もダイアモンドには苦にならない。

「購入して二年以内に殺し合ったということか……」

ダイアモンドは嬉しそうに呟く。幽霊屋敷に殺し合った夫婦。ダイアモンド好みのミステリーだ。

「それから三年、放置されたんですね」

「はい。銀行としても空き家を持っていても仕方がないということで、破格の値段で香川氏に売却したようです」

「調査依頼はこの屋敷に幽霊がいるかどうかを確かめる、でよろしいのでしょうか？」

十和が念を押す。棚橋氏はちょっとためらってから、

「幽霊でもなんでも、この屋敷になにか問題があるのかどうかを調べて欲しいのです。そして本当にいるのならなんとかしてもらいたい。私はこの屋敷を外国人向けのホテルにしようと思っています。そのためにはお客様に安心して過ごしていただける宿でないと困りますので」

棚橋氏はダイアモンドに向かって深々と頭を下げた。

「レディ・リズの甥御さんにして優秀なる探偵のダイアモンドくん。どうか、私の依頼を受けてくれませんか？」

ダイアモンドは書類を十和に渡すと棚橋氏に向き合い、両手を後ろに組んで芝居がかった調子で答える。

「もちろんです、棚橋さん。その屋敷の謎、必ず吾輩が暴いてみせます。幽霊がいたなら引っ越してもらい、きれいな状態にしてお渡ししましょう。この帝都の美少年探偵ダイアモンド・パーシバルにお任せあれ！」

三　屋敷の調査

ダイアモンドたちが実際に品川の幽霊屋敷に出かけたのは、翌週の日曜日だった。

エリザベスから探偵の仕事は学業に差し支えがないように、と固く厳命されているため、一日がかりの調査となると休みの日を待つほかかない。

その日曜日、探偵事務所の前に一台の黒塗りの車が止まった。

「うわ！『タクリー号』じゃないか！」

ダイアモンドは顔が映るくらいに磨き込まれた黒塗りの車体に興奮した。

明治後期から、日本でも国産の自動車が作られるようになった。タクリー号は細いタイヤの幌馬車のような屋根を持つ車で、シルクハットをかぶった外国人の頭がつかえないくらい天井が高い。車体にガワはなく、すっ通しで、後部座席には真っ赤な革の背もたれがついていた。

「どうぞ。品川のお屋敷までご案内します」

ドアを開けてくれたのは棚橋氏の会社の使用人だ。ダイアモンドと十和の調査の報告をするという。棚橋氏は仕事があって同行しない。

「あなたが運転するんですか？」

「はい。私は運転鑑札を持っておりますので」

車というものがなかった日本には当然免許証もなかった。しかし明治三十八年に初めて交通事故で死亡者――しかも幼児だった――が出たため、警察は大急ぎで免許の取得を義務づけた。当時は木の札に焼印を押した鑑札だった。

運転手は白い帽子を取るとダイアモンドと十和にお辞儀をした。

「本多（ほんだ）と言います。よろしくお願いします」

「吾輩はダイアモンド探偵事務所のダイアモンド・パーシバルです。こちらは秘書の久谷十和。今日一日よろしく頼みます」

　ダイアモンドも学帽をとり、頭を下げる。

「まだ道には雪が残っているところもありますが、大丈夫ですか？」

　十和は自動車の細いタイヤを不安げな目で見ながら言った。

　銀座のエリザベスの家には輸入されたイギリス製の自動車がある。しかし、十和自身は自動車には乗ったことがない。馬の引く馬車や人の引く人力車なら言葉が通じようが、すべて機械任せは恐ろしいと思っているらしい。

「大丈夫です。ぬかるみ程度なら問題ありません。それに連日のお天気で、雪もだいぶ溶けておりますから」

「はあ……」

　そうは言っても気が晴れないという顔をする十和の背を、ダイアモンドは軽く叩いた。

「大丈夫だ、十和。車には乗ってみよ、人には添うてみよ、だ」

「それ『馬』ですよね？」

　自動車のスピードに、初めて乗った十和は驚き喜び怖がった。本多の隣に座っていたのだが、車輪が小石に乗りあげて車体が跳ねるたびに小さく悲鳴をあげる。

とはいえ、当時の車のスピードは時速十三キロで、現代からすれば恐ろしく遅い。だが馬車や電車より低い目線で走れば、初めてなら恐怖を感じるだろう。

一方ダイアモンドは外を流れる景色を楽しんでいた。なにより道を歩く人々が感嘆の目を向けてくるのが気持ちいい。歩道の子供たちに手を振り、歓声をあげられるのを喜んでいた。

銀座から品川まで軽く一時間かけて屋敷にたどり着いた。車が止まった途端、十和は助手席から外へ転がり出て、げえっと嘔吐してしまった。

「大丈夫か？　十和」

「……頭がくらくらする」

十和は蒼白な顔で喘いだ。

「車に酔ったのでしょう。慣れてない方は船酔いのような症状を起こします」

本多が水筒とハンカチを寄越してくれた。ダイアモンドは十和に水筒を持たせ、額の汗を拭いてやる。

「……船酔いなんか、したことなかったのに」

十和は悔しそうな口調で言う。

「立てるか？　休むなら屋敷で休もう」

「幽霊屋敷で……休めますかね」

言いながらも十和はよろよろと立ち上がり、本多に肩を貸してもらいながら屋敷に向かって歩き出した。

「ここが幽霊屋敷か」

ダイアモンドは正面に立ち、腰に手を当てて屋敷を見上げた。イギリス人チャリング氏の設計を日本の大工が請け負って建てたもので、煉瓦と木と漆喰が使われていた。

随所に日本の建築の妙が取り入れられている和洋折衷の屋敷で、壁周りこそ煉瓦で作られているが、屋根は瓦で葺いてある。

明治には盛んにそんな奇妙に美しい建物が建てられたが、現在はほとんど消失している。

木製の大きな扉の上部には、半円のステンドグラスがとりつけられていた。本多は鍵を使って扉を開けた。玄関は扉についた窓と細く作られた壁の窓から入る日差しで、うすぼんやり明るい。正面に大きな階段が、水の流れのように末広がりに降りてきていた。

「どこかの部屋に椅子があればいいが……十和を少し休ませたい」

ダイアモンドが言うと、本多は「こちらへ」と案内してくれた。

ホール左側の廊下を入ってすぐのドアを開ける。リビングとして使われていたのだろうか？　みっしりと毛の詰まった絨毯が敷いてあり、白い布（シーツ）がかかった家具がいくつか置いてあった。

　本多が手近なシーツを剝ぐと長椅子（ソファ）が現れた。

「香川氏が幽霊に襲われたとおっしゃっていたソファですが……」

　本多が遠慮がちに言う。十和がまた吐きそうな顔をした。

「今はただの椅子だ。十和、座らせてもらおう」

　ダイアモンドの言葉に本多が十和を支えてそこに座らせる。十和は愉快ではない表情を浮かべたが、横になれる長椅子は楽なようだった。

「水を飲むか？」

　本多にもらった水筒を渡すと、十和はそれをゴクリと飲んだ。

「しばらく休んでいろ、吾輩は一階の部屋を見てくる」

「そんな。一人では危険です」

「一階を見たらすぐ戻ってくる。本多さん、少しの間十和を頼みます」

「わかりました」

　本多は手にしたままのシーツをぎゅっと胸元に引き寄せうなずいた。使い物にならなそうな秘書と残されることが不安なのだろう。

四　調査開始

　ダイアモンドは部屋を出た。廊下の窓はすべて白いカーテンが下がって日差しを遮っているが、歩くのに苦労はないほどの明るさがある。

　リビングの隣の部屋はゲストがくつろぐ部屋なのか、こちらにも家具が置いてあった。十和は壁ぎわに置いてある棚を開けて覗き込む。

「さすがに戸棚は空か……」

　ダイアモンドは布をめくって椅子やテーブルを確かめた。

「ここの家具はどちらの住人のものだろう。香川氏の前のレイノルズ夫婦かチャリング一家か……」

　突き当たりには小さめのドアがあった。押してみると鍵はかかっていない。そこは物置らしく、壊れた椅子や使わなくなったらしい小さな木馬などが置いてあった。

　ダイアモンドは木馬に手を触れた。キイと小さな音を立てて木馬が白い頭を揺らす。

「最初の家族が使っていたようだな」

　二番目の夫妻は二年ほどしか住まなかったと言うから物置に入れるものもなかったの

だろう。

来た廊下を戻ってホールに出る。階段を通り過ぎて右の廊下を進めばそこは台所のようだった。大きな食器棚やテーブルがあり、煉瓦で作られたかまどもあった。

台所の奥にも小さな扉があり、こちらは小ぶりの和錠がかかっていた。家の鍵はすべて本多が持っているのであとで一緒に来てもらうことにする。

台所の周囲には便所と洗面所、だだっぴろい風呂場になっていた。風呂場と言ってもタイルの床に直接西洋のバスタブが置いてあるだけだ。猫足で縁に花模様が描かれたそれは一人が横たわるだけでいっぱいになる。

浴室は窓が大きく取られていて明るい。香川氏が使っていたのだろう、小さな石けんがひとつ残されていた。

リビングへ戻ると、十和が起き上がって本多と話をしていた。だいぶ具合がよくなったらしい。

「十和、もう平気か？」

「はい、心配かけました」

十和はゆっくりと首を振って見せた。

「一階を見てきた。物置と鍵のかかったドアがあった以外は特におかしなところはない。家具が残ったままだったが、この家具たちが誰の持ち物だったのか、本多さんは棚橋さんから聞いていますか?」

ダイアモンドが本多に目を向けると、運転手は「はい」と答えた。

「家具はほとんど最初のご家族の方のものだったと聞いています」

「家具付きの貸家だったんですね」

「その家具ごと香川さまが購入されたんだそうです」

なるほど、とダイアモンドはうなずいた。外国の屋敷ではよくあることだ。

「じゃあ二階に行こう。十和、立てるか?」

「はい」

十和が危なげなく立ったので、ダイアモンドは連れだって部屋を出た。その後ろから本多がついてくる。

ホールから階段をあがって上に上ると左右に廊下が走っていて、四つの扉が見えた。廊下に一番近い部屋を開けて覗き込むと、ベッドやサイドテーブル、化粧台、クローゼットなどがある。

「夫婦の寝室だな」

ダイアモンドは化粧台の前に立ち、三面鏡を開いてみた。少し曇っている。小引き出しを引くとガラスの小瓶やおしろいの入ったコンパクトが残っている。黒いヘアブラシもあり、何本かの金髪が絡んでいた。銀行はとことん手抜きで屋敷を右から左へ渡したらしい。

ダイアモンドはそれを取りあげ、本多を振り向いた。

「チャリング夫妻、レイノルズ夫妻の奥さんの髪の色を調べてもらえませんか？」

「はい、わかりました」

本多はメモをとる。棚橋氏に報告するのだろう。ダイアモンドはブラシを引き出しに戻し、顔をあげた。鏡に彼の顔が映る。

「……！」

はっとした。自分の顔の後ろには本多が映っている。だが、その上に重なるようにして白いものが視えたからだ。

ダイアモンドは振り返らなかった。それはたぶん、生きているものではない。彼はじっと鏡の中を覗き込んだ。

白い影は後ろ姿のようだった。長い金髪に白いドレスを着ている……？

「坊ン？」

十和に声をかけられた瞬間、白い姿は消えた。ダイアモンドはため息をついた。

「どうしました？」

「なんでもない」

ダイアモンドは鏡を閉じた。

「次の部屋に行こう」

十和と目が合うと、気遣わしげな顔をしている。ダイアモンドはうなずいた。おそらく十和はダイアモンドの様子から、他人には見えないものが視えたことに気づいたのだろう。

隣室のドアを開けるとそこは夫妻の部屋よりは少し狭くなっている。明るい色のクロスが壁を飾っていた。

「ここは子供部屋のようだ」

ベッドにクローゼット、小さなテーブルと椅子。ベッドの上にはきちんとぬいぐるみが置かれていた。

「アメリカ人夫婦には子供がいなかったというから、ここはチャリング一家の娘がいたんだろう」

それにしても、レイノルズ夫妻は前の住人のものをそのまま残しておいて平気だったのか？　片付ける手間やお金を惜しんだのかもしれない。そもそもそんなに長いこと住まないつもりだったのだろうか。

クローゼットを開けると子供用のドレスが吊り下がっていた。ダイアモンドはハンガーごと一着取り出して自分に当ててみた。スカートの裾がダイアモンドの膝上だったので、ごく幼い少女が着るサイズだろう。

「亡くなったときのままか」

幼い女の子を亡くした親が、ベッドにぬいぐるみを並べて悲しんでいる光景を想像し、ダイアモンドも気分が沈んだ。

だが、この部屋には幽霊の気配は感じない。

白いレースのカーテン越しに柔らかな日差しが入り、乾いて穏やかな空気だった。

残りの二つの部屋はゲストルームのようだった。ベッドと備え付けの細身のクローゼット、サイドテーブル以外はない。こちらもさっぱりしたものだ。

「坊ン」

廊下で十和が呼んだ。出てみると本多と二人で突き当たりにいる。

「どうした？」

「ドアがあるんですが、鍵がかかっています」

十和がノブを持って回すがガチャリと音がするだけだ。

「本多さん、部屋の鍵などは？」

「はい、いくつかあります」

本多はポケットから鍵が四つほど下がった輪を取り出した。端から試していくがどの鍵も合わない。

「こ、困りました。預かった鍵はこれだけなんです」

本多は自分の手落ちだろうかとおろおろした顔をしている。

「坊ン、ここ開けますか？」

十和が肩越しに聞いてくる。

「開けられるか？」

「たぶん」

十和は外套のポケットに手を入れ、細い針金を取り出した。それを鍵穴に差し込む。

「作りは日本の錠前と同じですね」

しばらくいじっているとガチンと音がして、ドアが開く。

「探偵さんはそんなこともやるんですか」

本多が感心すると、十和は口に指を立て、「内緒ですよ」と笑った。

ドアの内側には上に続く階段があった。狭く、薄暗く、先が見えない。

「三階?」

「いや、たぶん屋根裏部屋だ」

ダイアモンドは暗い階段を見上げて十和に言った。

「外から見たとき三階建てには見えなかったからな。洋風建築にはよく作られるんだ」

「上ってみましょう、先に行きます」

十和が先に狭い階段に体を入れる。天井も低いので日本人ならともかく、西洋人は少し屈まなければならないかもしれない。ダイアモンドはそのあとに続いた。本多には下で待っていてもらう。

「もう一つ扉があります」

先に上った十和の声がした。

「鍵はかかってないようです。開けますよ」

キイ、という軋む音がして、階段がぼんやり見えるようになった。ドアの先から光が入っているらしい。

「小さな部屋だ」

そこは明るい部屋だった。玄関の扉にあったのと同じ半円のステンドグラスが窓になっており、そこから色とりどりの光が差し込んでくる。

床にはカーペットが敷かれ、ベッドとサイドテーブル、クローゼットが置いてある。ベッドの上には子供部屋にあったものと似たぬいぐるみがあった。

「ここも子供部屋ですかね？」

十和がベッドの上のぬいぐるみをつまんだ。天井は低く、十和の頭がつきそうだ。ダイアモンドはステンドグラスの窓を調べた。半円の半分が開くようになっているが、顔も出せないくらい狭い。

「服があります。女物だ」

十和がクローゼットを開いて言った。中にはドレスがたくさんかけられていた。子供部屋にあるにしては丈が長い。大人用のようだ。

「物置なんでしょうか？　着ない服をいれておいたとか」

十和は片手でドレスを端から撫でて、ハンガーをカタカタと言わせたあと扉を閉めた。視線を床に向け、驚いた声をあげる。

「ちょっと坊ン……これ、やばくないですか？」

彼の視線を追ってダイアモンドもまた驚いた。十和が見つけたのは鎖だ。端はベッドの脚につけられ、もう片方の端には犬の首輪を小さくしたようなものがついている。この細さはおそらく足を拘束するものだろう。

「誰かを閉じ込めていたのか？」

ダイアモンドは首輪の端に触れた。柔らかな革で内側に別珍が縫い付けられている。

「レイノルズ夫妻には子供はいない。チャリング一家の娘は子供のうちに死んだ……」

クローゼットの中の成人女性のドレス。

「どちらかの夫婦が奥さんをここに閉じ込めていた？　それとも別な女性を？」

「じゃあ幽霊というのはその女性なのでしょうか？」

十和がぞっとするような声で言う。それを合図にしたかのように、部屋に白い影が現れた。しかも何体も。

「……う、」

ダイアモンドは目を細めた。十和が見える。ベッドもクローゼットも。その上に重なるように白い人影がいた。

窓辺に立つもの、ベッドに腰かけるもの、床に膝をつくもの、壁に頭をぶつけるもの、ぐるぐると回るもの、倒れているもの……いずれも金色の長い髪をして、白い裾の長いドレスを着ている。同じ人間のようだった。

「だ、れ、だ」

ダイアモンドは呻いた。こんなに一度に大勢の霊を視るのは初めてだった。

「坊ン？」

十和の声も霊を消してはくれなかった。長い金髪を顔の前に垂らし、表情は見えない。彼らはその場から動けないように同じ動作を繰り返していた。

「誰だ！」

ダイアモンドが叫ぶと影は消えた。同時にふらふらとダイアモンドは膝を折った。

「坊ン⁉」

十和が慌てて支える。

「大丈夫ですか！　車酔いが今きましたか⁉」

「……車酔いというか……幽霊酔いだ」

ダイアモンドは力なく答える。

「ここは幽霊でいっぱいだ」

「えっ⁉」

十和が周囲を見回す。彼の目にはなにも見えないだろう。

「いや、もういない。……下へ降りよう」

ダイアモンドは無理矢理笑みをつくると十和の手を借りて立ち上がった。

五　地下室へ

「どうなさいました？」

十和に背負われて階段を下りてきたダイアモンドを見て、本多が気遣わしげな顔をした。

「大丈夫です、少し疲れが出たようです」

十和はダイアモンドがこういう状態のときの常套句で本多をごまかす。

昔から十和はダイアモンドが霊を視たときの様子を知っていた。なにもない空間を凝視していたり、遠く離れた場所にいる人が今そこにいた、と言うときもあった。大抵の場合、ダイアモンドの体調には影響がないが、霊がたくさん視える場所や、強い恨みを抱いたものと対峙したとき、貧血のような症状が起きる。

十和は、ダイアモンドが霊を視るとき、魂の力を使っているのではないかと思っている。だから魂の力以上の霊がいた場合、体の方が危険を感じて強制的に霊視を中断させるのだ。

以前そう話してみるとダイアモンドは「なるほど」と得心したように頷いた。

「じゃあ具合が悪くなったら抵抗せずに体にまかせよう」

それ以来、具合が悪くなったときは無理せずに十和の背中を借りている。

下まで降りてリビングに戻ると、さっきまで十和が横になっていたソファにダイアモンドも横になった。

「地下室へは私たちだけで行きましょうか？」

十和がダイアモンドの青白い顔を覗き込んだ。

「いや、少し休めば大丈夫だ」

ダイアモンドは本多から水筒をもらい、水を飲んだ。

（あの白い人影はなんだったのだろう？　成人の女のようだったが……なにか違和感がある……）

ベッドの脚につながれた鎖。彼女はあそこに閉じ込められていたのだろうか？　誰が、いつ、なんのために。

ふうっとダイアモンドは大きく息をつき、顔をあげた。疲れは去っている。立ち上がろう。

「よし、台所の奥にあった部屋へ行こう」

ダイアモンドは元気よく言うと、ソファから立ち上がった。

扉の和錠を本多の鍵で開くと、数段の地下へ向かう階段があった。一段下がるたびに、なにかの匂いが鼻についた。

「なんの匂いかな」

「カビと、あとは香辛料ぽいですね。おそらく食料庫でしょう。酒の匂いもかすかにします」

十和が鼻をひくつかせる。

下まで降りて用意してきた蠟燭で周囲を照らした。部屋はけっこう広い。

煉瓦造りの部屋の中にたくさんの木製の戸棚が並んでいる。作りが雑なので、住人の手作りだろう。

棚にはまだいろいろと残されていた。瓶やかめ、麻袋に入ったもの。漬物の壺は香川氏が持ち込んだのかもしれない。

「やっぱり酒ですね」

十和が少し嬉しそうに言った。蠟燭の光に古そうなワインの瓶が何本か浮かび上がる。

「これはスパイスのようだな」

ダイアモンドはつま先立って棚の上を見た。ずらりと小さな瓶が並んでいる。

「果実酒も作っていたようですね」

十和は腰を屈め床を指した。並んでいるガラス瓶の中にはまだ形の残っている果物が見えた。

「これは小麦粉の袋でしょうか」

本多が麻袋に顔を近づけて描かれている文字を読んだ。

「1．9．0．1……これは年号ですかね？　明治何年でしょう？」

「今が西暦で言うと一九一一年だから十年前でしょう。つまり最初のチャリング一家の小麦粉ということになる。ローレンス夫妻はそのまま引き継いだのか、それとも片付けるのが面倒だったのか。香川氏も手をつけていないみたいだな」

ダイアモンドもその麻袋に触れた。二袋もある。おそらく亡くなるまではチャリング夫人がせっせとパンを作っていたのだろう。

「これは今も使えるんですか？」

「さすがに十年も経ってたらカビや虫食いで無理だと思うけど。棚橋氏がこの屋敷を使うなら真っ先にこの食品を片付けた方がいいですね」

「はあ……勿体ないですね」

「……あれ？」

ダイアモンドはこめかみを押さえた。ズキリと痛みを感じたのだ。

（なんだ、これ？）

ガタンと音がして、見ると本多が床に膝をついている。

「本多さん？」

「す、すみません。なんだか目が回って」

真っ青な顔をしている。頭痛をこらえるように目を固く閉じ、喉を喘がせた。

「い、息が苦しい……っ」

「坊ン」

肩に手を置かれダイアモンドは振り向いた。十和が怖い顔をしている。

「え？」

「ここを出ましょう。なにか変だ」

「頭が痛みます。ガスか薬かも」

「わかった。十和、本多さんを頼む」

「はい」

十和は本多の体を抱えた。その途端、本多が悲鳴をあげた。

「うわあっ！」

「本多さん⁉」

「ゆ、幽霊がいる!」

本多はダイアモンドたちを指さして叫ぶ。ぎょっと二人は食料庫の奥を振り向いた。だがそこには煉瓦の壁があるだけだ。

「出たぁ! 助けて! 助けてくれ!」

本多は十和の腕を振り払うとバタバタと階段を駆け上がった。そのすぐあとにバタン! とドアの閉まる音がして、続いてガチャリと金属音がした。

「本多さん!」

十和がすぐ後を追い、ドアを押したがもう開かない。

「ちくしょう、鍵をかけやがった!」

執事の口調が消えてしまった。どんどんとドアを叩いたが向こうから答える様子はない。

「閉じ込められたのか? 十和、開けられるか?」

「錠前がこっちになきゃ無理だ!」

ダイアモンドは食料庫を見回した。

「どこかに別な出口はないか?」

頭痛がひどくなる。まるで水の中にいるようにもたもたした動きで、ダイアモンドは地下室を進んだ。

「うう……」

頭痛と眩暈がひどい。倒れそうになる体を十和が支えた。

「しっかり、息を吸うな！」

十和はダイアモンドの口をハンカチで覆う。その十和も青い顔をしていた。

「だめだ、十和。お前が使え」

十和に抱えられたダイアモンドは、ぼやけた視界の端に白い人影を視た。

（また霊か……？　今それどころじゃないよ……）

だが、その人影は腕らしきものを伸ばして壁の隅を指さしている。木箱がいくつも積まれている場所だ。

（なんだ？）

ダイアモンドは十和の服を引っ張った。

「あそこ……あの壁、箱のとこ、調べて……」

その声に十和が、箱のそばに駆け寄りしゃがんだ。箱をどかすとそこには小さな木戸がある。

「出口だ！」

鍵は簡単なつまみ錠だ。十和はそこを開くとドアを開け、まずダイアモンド、それから自分も這い出した。

「出られた！」

ダイアモンドは地面に倒れ、すうはあと大きく息を吸って吐いた。かび臭い地下室とは違う新鮮な空気が頭痛を徐々に鎮めてゆく。

屋敷の裏は雑木林になっていて、冬木立が寒々と立っていた。鳥の声がする以外、なんの音もない。

「助かった……」

痛みのために目の縁に涙があふれている。それを散らすように瞬きすると、視線の先に白い人影がいた。灰色の木々の間でゆらゆらと揺れている。それは見ている内に地面に吸い込まれるように消えていった。

「……あそこ……？」

ダイアモンドはまだ立ち上がれなかったので、ずるずると草の上を這いずった。

幽霊が吸い込まれたように見えたあたりまで行くと、そこには倒木があった。その胴の部分に大きな穴が開いている。人が一人入れそうな。

ダイアモンドはその中に頭を突っ込んでみた。そこで見たものに思わず口を押さえる。

「……十和！」

ダイアモンドが呼ぶと十和がよろけながら駆け寄ってきた。

「どうしました？」

「見てくれ」

洞から頭を抜いたダイアモンドと入れ違いに十和が倒木の洞に顔を入れる。

「これは……」

中を確認した十和は青ざめた顔をダイアモンドに向けた。

洞の中にはボロボロの白いドレスを着た骸骨があったのだ。

六　脱出

屋敷に戻ると玄関ホールに本多が倒れていた。ここまで逃げてきて意識を失ったらしい。口から泡を吹いて白目になっているが、心臓は動いていた。

「早く医者に診せないと」

気絶している本多を車に乗せると十和が運転席に座った。

「運転できるのか？」

「来るとき見てましたから……失敗したら勘弁してください」

十和は本多の胸ポケットから取り出した鍵を車に差し込んだ。

結論から言えば、十和の運転は初心者にしては上等だった。ただし止めるときに目測を誤り、ガス灯にぶつけはしたが。

病院で治療を受け、ダイアモンドと本多の症状は薬物中毒という診断を下された。

『曼陀羅華（まんだらげ）』というアルカロイド系の薬物に一番似ているということだった。

「『曼陀羅華』ってのはその昔、華岡青洲（はなおかせいしゅう）が日本初の麻酔として使った薬だ。チョウセンアサガオから採取するのだそうだ」

ベッドに横たわったダイアモンドに黒木巡査長が教えてくれた。隣には十和が心配そうに立っている。

見舞いに来てくれた彼を見て、ダイアモンドは驚いた。顔中に生えていた髭がない。

「こないだの散髪代でさっぱりさせたぜ。どうだ？」

黒木はつるりと顎を撫でて見せる。

「若く見える」

ダイアモンドは見たままを言った。エリザベスの話からすると五十歳は超えているはずだが、四十代にしか見えない。彼が元忍者であることと関係あるのだろうか。

「チョウセンアサガオというのは？」

「でっかいラッパのような花が咲く。幻覚を見せるんだよ。忍者なんかも使ってたぜ。春香の術ってやつだな」

「黒木さんも？」

「まあな」

目を輝かせるダイアモンドに黒木は苦笑した。

「十和は……どうして無事だったの？　本多さんなんかは重態だよ？」

ダイアモンドの疑問に十和と黒木は互いに顔を見合わせた。

「体質的なものだろうと医者に言われました。あまり薬が効かない人間もいるそうです。だからたぶん麻酔の効きも悪いんじゃないですかね？」

十和は苦笑する。

「吾輩もほんとはもう平気なのだ。だがリズ伯母さまがしばらく入院していろと言うから……」

ダイアモンドは上半身を起こしたが、十和に頭を押さえられ枕に戻った。

「駄目ですよ、今日一日は寝ててください。レディ・リズは心配してるんです。大人しくしてないと探偵はやめろと言われますよ」

「それは困る」

ダイアモンドは布団をかぶった。が、すぐに顔を出す。

「巡査長に頼みたいことがあるのだが……」

「屋敷の調査かい？」

黒木はにやりとする。その顔にダイアモンドは真面目にうなずく。

「うん。あの食料庫を調べてほしい。特に麦の袋だ。ただし十分注意して」

「わかった」

「それからなんとかチャリング家とレイノルズ夫妻のことを……。よろしく頼む」

黒木はダイアモンドの頭に手を当てて優しく撫でた。

「わかったよ。白骨が出ているからな、それは警察の仕事だ。だけど坊主……」

「ん？」

「お前、あの白骨が誰のかわかってんじゃないのか？」

ダイアモンドは黒木とパチンと目を合わせた。

「たぶん……ね」

ダイアモンドは布団を鼻の頭まで持ちあげた。

翌日、退院したダイアモンドは銀座橋学園に登校した。

洋館の裏から白骨が見つかった、という話は新聞記事にもなったので、級友たちも知っていた。またしてもそこにダイアモンドの名前があったので、教室に入るなり級友たちに囲まれてしまった。

「まだ調査中なんだ」

鳥のさえずりのように質問する級友たちに、ダイアモンドはやんわりと話を避ける。

「探偵は途中で種明かしはしないだろ？」

級友たちはぶつくさ文句を言ったが、必ずあとから報告するとダイアモンドが約束したので解散した。

「こないだの強盗事件といい、今回の幽霊屋敷といい、ダイアくんの活躍は物語のようだね」

昼の時間、友人の福太郎がいつものように恵比寿顔で話しかけてきた。

「物語ねえ」

ダイアモンドは小さくため息をつく。膝の上に広げたハンカチの中にはローストビーフとコールドチキンサンドイッチが入っていた。

「でも今回のお話は悲しい結末になりそうなんだ」

「そうなの？」

福太郎のお弁当はいつも二段のお重だ。料亭のような豪華さで、それをぺろりとたいらげてしまう。

「ダイアくん、優しいから心配だよ。あまり引きずられないようにね」

それは死んだ人間にか、それとも因果にか。

「ゆで卵あげるから頑張ってね」

福太郎が甘辛く煮付けたゆで卵をくれる。ダイアモンドは友情に感謝して、それを口に入れた。

七　聞き取り調査

六日後の日曜日、ダイアモンドと十和は中野に住む中田サトという女性のもとへ出かけた。旧姓は山西サト。九年前、アメリカ人のレイノルズ夫妻に雇われた使用人だ。

この女中の存在は黒木が教えてくれた。黒木はチャリング一家とレイノルズ夫妻の調査を進め、中田サトを唯一の生き残り関係者として調べたが、話が調書に残すには不適切であるということで記録されなかった。

「だが、お前にとっては面白い話かもしれないぜ」

黒木はそう言って笑った。

自分にとって面白い？　それはあの屋敷で見た白い幽霊絡みなのだろうか？　確かに幽霊が出たという調書を残すことはできないだろう。

そんなわけでダイアモンドは中田サトに手紙を書き、話を聞きに行きたいと頼んでおいたのだ。

中央線は前年にはすでに山梨県の四方津駅まで開通し、今年は名古屋まで伸びる予定だった。ダイアモンドたちは電車で労することなく中野までたどり着いた。

中田サトの夫は下駄に絵付けをする職人だった。家の玄関には広い土間があり、そこは店にもなっているようだった。漆の匂いがこもる土間に六人もの子供が顔を出し、金髪碧眼のダイアモンドをぽかんと見つめている。

「こないだ警察の人にも話したんですけどね」

サトはおどおどした様子でダイアモンドと十和に茶を出してくれた。そばには夫が怖い顔で座っている。

「吾輩はあの屋敷の現在の持ち主、棚橋氏から依頼されて調べています。警察とは関係ありません。あなたがあの屋敷で体験した不思議な話を聞かせていただきたいのです」

ダイアモンドは丁寧な口調で言った。

「不思議な話……あの幽霊さんのことですか」

幽霊！　やはりサトもそれを見たのだ。ダイアモンドは力強くうなずいた。

「そうです。吾輩たちも体験しました。おそらく警察はその証言を信用せず、記録には残していないでしょう。吾輩たちはそれを聞きたいのです」

「そういうことなら……」

サトは夫を振り向いて、「子供たちを奥に連れてってください」と頼んだ。夫は怖い顔でダイアモンドと十和を睨んだが、サトが重ねて言うとしぶしぶといった様子で子供たちを追い立てていった。

「あたしも折に触れあのときのことを思い出します。でもこんな話をすると頭がおかしくなったと思われるので今まで黙っていました。警察の方に聞かれてお話ししたのですが、やはり信じてはもらえませんでした」

サトはおどおどした様子を消し、顔をまっすぐに上げてダイアモンドを見つめた。

「あんたたちは本当に信じてくれるんですね？」

「もちろんです」

サトははあっと大きく息を吐くと、話を始めた。

＊＊＊

あたしがレイノルズさまのところへ奉公にあがったのは十八歳の時でして。それまでは新橋の早見男爵さまのお屋敷に奉公しておりました。

あたしがレイノルズさまのところへ行くことになったのは、早見男爵さまが東西銀行の方とお親しかったからです。銀行の持ち物のお屋敷にアメリカ人のご夫婦が入居することになり、女中を探していると相談されたと聞いております。

あたしは本当は行きたくありませんでした。男爵さまのお屋敷で何人か異国の方にお会いしたことはありましたが、やはり恐ろしかったからです。

でもお仕事を失うこともできなかったので、仕方なくお屋敷に参りました。

初めてお屋敷の前に立ったとき、なんだか恐ろしくて身が震えたのを覚えております。

レイノルズご夫妻は、多少日本語がおできになりましたが、すぐにアメリカ語で命じられるようになりました。あたしは必死に言葉を覚えてお仕えしました。

ご夫妻の仲ですか？

最初からあまりよろしくなかったようです。お二人とも他に仲の良いお友達がいたよし、奥様にはこうですし。ええ、もちろんご主人には女性の、奥様には男性のお友達です。ご主人はほとんど家にお戻りになりませんでしたましたし、奥様も毎晩遅くにお戻りになりました。

あたしはご夫婦の寝室と居間と台所、それにお風呂やお便所をきれいにしておくようにと申しつけられていました。

二階にはほとんどあがりませんでした。屋根裏部屋？　行ったことありません。廊下をたまに拭き掃除するだけでした。ご主人さまたちも興味はお持ちでないようでした。

地下の食料庫ですか？　はい、奥様に言われて何度か行きました。いつもいやな臭いがすると思っていました。

棚にあるものは前に住んでいたご家族のものだったようで、片付けた方がいいのだろうかと思っていましたが、それをお伝えする言葉を知りませんでした。

しばらくして、あたしはおかしなことに気づきました。このお屋敷に誰かもう一人いるような気がしたのです。

たとえば台所の食べ物がいつの間にかなくなっていたり、椅子にかけておいたお洋服が別な場所に出ていたり、階段をあがる音やドアが閉まる音を聞いたりしました。

あたしはそのことを精一杯お伝えしましたが、取り合ってはもらえませんでした。お二人はお屋敷に興味がなかったのです。この屋敷はただ寝に帰ってくるだけ、お洋服を置いておくだけの場所だったのです。

あたしはだんだんと、お二人よりその誰か知らない人の方が親しく感じるようになりました。

前にご主人がこの家で子供が死んでいるというようなことをおっしゃっていましたので、あたしはすっかりその子供が幽霊になって現れているのだと思っていました。

だからときどき話しかけたり、歌を歌ってみたり、食べ物をお皿に置いておいたりしました。お皿が空になっていることもあったんですよ！

お仕えして一年ほどして奥様が体調を崩され、お屋敷にいらっしゃることが多くなりました。奥様は暇をもてあまされたのか、果実酒を作ったり、お菓子を作ったりされました。お菓子の材料ですか？　地下の食料庫にあった小麦粉ですよ。

奥様はお菓子を作られるときはとても楽しそうでした。奥様が楽しそうだとあたしも嬉しかったです。やはり幽霊さんとはお話しできませんでしたから。

けれどだんだんと奥様の様子がおかしくなっていきました。ひどく塞ぎ込まれたり、かと思うとはしゃいだり怒ったり、暑い暑いと服を脱ぎ散らかされたり、廊下でいきなり眠り込んだりされました。

一日中食料庫に閉じこもられることもありました。

そしてあの日、……あの恐ろしい日がやってきたんです。

＊＊＊

サトはそこまで話すと疲れた様子で黙り込んだ。ダイアモンドは先をじっと待った。

「すみません、あたしもお茶をいただきますね」

サトはそう言うと土間に作られた小さな囲炉裏の上から鉄瓶を下ろした。急須にお湯を注ぎ、自分のお茶をいれる。

「おかわり、いりますか？」

土間に座っていると足下の漆喰から冬の冷気がしんしんと昇ってくる。ダイアモンドと十和は礼を言っておかわりを頼んだ。

「あの日、というのはアメリカ人のレイノルズ夫妻が亡くなった日ですね？」

「ええ」

サトは声を潜めた。

「あれは突然始まりました」

＊＊＊

その日、レイノルズ夫人はキッチンでパンを作った。サトはパンを発酵させるイースト菌の匂いが苦手で、彼女がパンをつくるときにはあまりキッチンには近寄らなかった。そもそもレイノルズ夫人が自分一人で作るから、と庭仕事を言いつけられていたのだ。

珍しくレイノルズ氏も自宅にいた。

やがてパンが焼き上がるいい匂いが漂ってきた。ときどきお菓子をもらえることもあったので、サトはその日も期待して庭から屋敷の中に戻った。

居間で夫妻はパンを食べていた。二人はアメリカ語でなにか話していたが、早口だったのでサトにはよくわからなかった。

夫人は笑顔だった。サトは夫人の顔を見ていたが、やがて恐ろしくなってきた。

その笑顔はまったく動かないのだ。まるで仮面をかぶっているように張り付いた笑顔だった。

突然、夫人がバターナイフを夫の顔面に振り下ろした。本当に溶かしたバターに入り込むように、それはずぷりとレイノルズ氏の右目の中に突き立った。

レイノルズ氏は顔を覆って悲鳴をあげた。夫人はゲラゲラと声をあげて笑い出した。そして笑いながらパンや茶器を載せていた大きな銀のお盆を手にし、それで夫を激しく打ち据えた。

レイノルズ氏は床に落ちたフォークを摑むと反撃に転じた。フォークで夫人の胸を刺したのだ。

サトは入り口に立って見ていたのだが、恐ろしくて動くこともできなかった。夫婦がつかみ合い、殴り合い、傷つけ合うさまを震えながら見つめていた。

やがて、夫婦の殺し合いは、夫の勝利となった。レイノルズ氏は血まみれで起き上がると、ドアの陰にいたサトに気づいた。

のろのろとレイノルズ氏は近づいてきた。その手には折れ曲がったフォークが握られていた。

「……っ」

レイノルズ氏の片目は眼球が失われていた。残った左目も真っ赤に濁っている。その色がわかるくらいに近くになって、初めてサトの体が動いた。

「ひいっ！」

サトは廊下を走った。レイノルズ氏が追いかけてくる。

追われるままに台所へ飛び込み、開きっぱなしの食料庫に飛び込む。ドアを閉めて掃除のために置いていた箒を内側に渡した。

ドンッと外から叩く音がした。サトはドアを内側から必死に押さえた。

ドンドンと激しく何度か叩かれたが、やがてその音は止んで静かになった。

しばらくしてガチャリ、と鍵をかける音がした。

(閉じ込められた⁉)

サトはドアに耳を押し当てた。外からはなんの音もしなくなった。

(どうしよう)

サトは食料庫の奥に進んだ。隅にはたくさんの木箱が置いてある。その間に座り、しくしくと泣き出した。

しばらく泣いているとさらさらとなにか滑るような音がした。顔をあげるとそこに白い人がいた。

あまりに驚くと声も出せなくなる。

長い金髪で白いドレスを着た人だ。その人は心配そうな顔でサトを見下ろしていた。

（幽霊さん？）

今まで時折気配を感じ、そのドレスの裾が床を滑ったり、廊下の角に消えるのを見たことがある。だが全身を見たのは初めてだった。

驚きと恐怖で声もでないサトにその人は木箱の奥を指さした。サトは恐る恐る奥を見た。

幽霊はサトの横を通ると木箱を動かし始めた。だが力がないのか、少しずつしか動かない。それを見ていたサトは、つられたように自分も木箱に手をかけた。

幽霊はにっこりした。レイノルズ夫人のように恐ろしい笑顔ではなかったことにサトはほっとして、一緒に木箱を動かした。

二つ、三つと動かすと、そこに小さな扉が出てきた。つまみをひねって押すと開いた。

幽霊はその扉を指さした。外へ出ろと行っているのだと、サトは急いで扉をくぐった。

外は草っ原になっている。小さな林もあった。

「お屋敷の裏!?」

ここなら花を摘みにきたこともある。屋敷から出られて、サトは体が崩れるくらいにほっとした。

「早く逃げましょう」

サトは幽霊の手を引っ張り、歩き出した。だが、幽霊は途中で膝をついてしまう。ぜえぜえとその背中が波打っていた。

「しっかりして」

このときにはサトは、もう幽霊が生きている人間であることがわかっていた。だが、幽霊は首を横に振ると、サトに向かって林の奥を指さし、向こうへ行けと手を振った。

「でも……旦那様が追いかけてくるかもしれないよ？」

すると幽霊は地面に倒れている木を指さした。胴の部分に大きな穴が空いている。幽霊はずるずると這ってその木の洞の中に入った。

「幽霊さん……」

サトが声をかけると幽霊は口に指を立てた。

「内緒？」

サトが言うと幽霊はうなずき、ひらひらと手を振る。

「わかった、幽霊さんのこと、誰にも言わないよ。助けてくれてありがとう」

サトも胸の前で小さく手を振った。幽霊は満足そうにうなずくと、洞の奥に入っていった。

サトは何度も倒木を振り返りながら、屋敷から逃げ出した……。

＊＊＊

「そのあと、警察に行ってご主人さまたちのことを話しました。警察の人は驚いて屋敷に行ってくださり、死んでいるご主人さまたちを見つけました。わたしは事件のことを何度も話しましたが、朝食中に急に喧嘩になったとしかわかりませんでした」

サトは膝の上でぎゅうっと湯飲み茶わんを握りしめていた。まるでそれだけが自分を守ってくれるかのように。

「白い幽霊のことは話さなかったんですね」

「はい、約束しましたから。あの人はあの屋敷に隠れて住んでいたのだろうと思ってました」

「なるほど」

ダイアモンドはすっかり冷めてしまったお茶を飲んだ。

「それでその幽霊は……どんな女性でしたか？」

「え？」

サトは顔をあげ、目をぱちぱちさせた。

「どんなって」

そこで初めてサトの顔に笑みが広がった。

「幽霊さんは女の方ではありませんでした。お髭の生えた外国人の男の方でしたよ」

八　幽霊の正体

次の週の日曜日には雪が降った。

あたり一面、白い綿で覆われたような地面に新しい足跡をつけて、ダイアモンドは依頼人である棚橋氏の屋敷を訪れた。十和と黒木巡査長が一緒に来ている。

棚橋氏は開口一番、屋敷を手放すことを考えているとダイアモンドに伝えた。屋敷の裏の林から白骨死体が見つかった件を聞いたからだ。

「それは話を聞いてからお決めになりませんか？」

棚橋氏の自宅は徳川の世から建っている数寄屋造りだったが、その部屋の一部は洋式化されている。

厚手のトルコ絨毯が敷かれた部屋は、窓には分厚いカーテンが下がり、大きな暖炉が暖かく火を燃やしていた。

「結論から言うと、あの屋敷に幽霊はいません」

ソファに十和と一緒に腰掛けたダイアモンドはきっぱりと言った。

「し、しかし」

棚橋氏は大きな肘掛け椅子のアームの部分を摑んで身を乗り出した。

「香川さんが見ていますし、うちの本多も襲われたと言っています！」

「それは幻覚なんです」

ダイアモンドはそう言うと黒木を見やった。別の椅子に座っていた黒木は黒い鞄から書類の束を取り出す。

「警察で調べたんだが、本多さんはアルカロイド中毒だった」

「あるかろいど？」

黒木は書類を見ながら話した。

「幻覚剤の一種だ。そしてそこの探偵屋……探偵長に言われて調べたんだが、地下の食料庫にある麦の袋から、麦角菌が採取された」

初めて聞く名前なのだろう、棚橋氏は眉をひそめる。

「主にライ麦につくカビだよ」

黒木は親切に補足する。

「それに侵されると麦に黒い角のようなものが生える。それで麦角菌。この菌がアルカロイドを作り出すんだ。それに侵された麦でできたパンを食べると、いろいろおかしな症状が出るという」

ダイアモンドも自分の鞄から何冊かの書物を取り出した。

「吾輩、怪奇な事件や不思議な出来事が好きで、世界各地からそうした書物などを取り寄せ読んできました。その中に、欧米の村でしばしば踊りのペスト（ダンシングプレイグ）が発生したというのがあります」

めくったページには大勢の男女が踊っている絵が描かれている。彼らの表情はとても楽しんでいるといったものではなく、恐怖と狂気にあふれていた。

「突然一晩中踊り続けたり、暴力を振い合ったりしたそうです。また村人の理性を失わせ、驚くほど残酷な出来事も起こりました」

ダイアモンドは別のページを開いて棚橋氏に見せた。

「今から二百年ほど前にアメリカのある村で、複数の少女が同じ村の女性を魔女だと告発したんです。通常なら誰もとりあわない戯言（たわごと）でしょう。ところがなぜかその村ではみんながその少女の言葉を信じ、二百人近い村人が魔女だとして逮捕され、十九人が処刑されてしまいました。発端となった少女たちの異常な行動や村人たちの混乱なども麦角菌の影響ではないかとも言われています」

ダイアモンドが見せたページには、大勢の人々が集まっている中、床に少女が倒れ、また別な少女が拳を振りあげている絵が描かれていた。

「最初に住んだチャリング氏はイギリスからライ麦や小麦を取り寄せていました。その中に麦角菌に侵されたものが混じっていたのでしょう。レイノルズ夫妻が殺し合ったのも、その毒のある粉でできたパンを食べ続けていたからではないかと思われます」

「それでは香川さんや本多も……？」

「地下食料庫には新しいワインも置いてありました。香川氏はそこに出入りして麦の粉を吸い込んだと思われます。本多さんも麦の袋を調べていた」

ダイアモンドは本を閉じるとそれを机の上に置いた。

「香川さんはこの屋敷で外国人が死んだことを知っていたから、自分の身に起こった異常を祟りだと思い、その恐怖心が幽霊を見せたのでしょう。本多さんはもともと幽霊屋敷だと聞かされて来ていたから、心の怯えが幽霊を作り出したのだと思われます」

ダイアモンドの淡々とした言葉に、棚橋氏はふうっと息を吐いて肘掛け椅子の中に沈んだ。

「では幽霊はいない、と」

「ええ。警察が食料庫の中のものをすべて持っていったから、もう誰も幻覚を見ることはありません」

ダイアモンドの言葉に黒木が力強くうなずく。

「だがしかし、それでは――それでは屋敷の裏の白骨死体は？」

棚橋氏はダイアモンドから黒木に視線を移して言った。

「警察であの骨を調べたところ、成人男性の骨だとわかった。しかも西洋人だ」

黒木は別な書類をめくって答える。そこには白骨の図が描いてあり、細かく注意書きが書き込まれていた。

「外国の――男の骨、ですか」

「おそらく、最初の住人、チャリング氏だと思います」

ダイアモンドがその書類を受け取って続けた。

「チャリング氏……」

「あの骨については想像するしかないのですが、根拠はあります」

ダイアモンドは膝の上で指を組んだ。

「チャリング夫妻の一人娘は幼くして亡くなりました。青山墓地にその墓があることも確認しました。そして海で死んだチャリング夫人、彼女もまた日本でつきあいのあったものたちにより、青山墓地に葬られました。これは警察に確認してもらいました。しかしチャリング氏の墓は見つけることができなかった」

「し、しかし、チャリング氏は死亡しているんでしょう？」

ダイアモンドは一度唇をなめると衝撃的な一言を放った。

「それは、夫人がそう言っていただけです」

「えっ」

「死亡したと周りに言いふらしていたんです」

棚橋氏は色を失くした。

「な、なんのためにそんな嘘を……」

「そこが想像なんですが」

ダイアモンドは金色のまつげを伏せた。

「チャリング氏はひどく子煩悩で娘をとても愛していたと、当時つきあいのあった人々から聞きました。その娘を失い、悲しみはどれほどだったでしょう。そしてその悲しみは氏の心を次第に壊していった。チャリング氏は娘の死を否定するため、自らが娘になったのではないかと思うのです」

「ど、どういうことですか」

理解できないことを聞いた子供のように、棚橋氏は目を見開いた。

「――娘の服を着て、娘のように振る舞い出したのではないかと……。屋根裏部屋にあったドレスですが、すべて成人サイズの服でした。しかも肩幅も広く丈も長い。チャリング夫人が娘のふりをする夫のために誂えたのではないか、と」

「馬鹿な……」

「そんな夫を人に見せたくなくて夫人は屋根裏部屋に鎖をつけて閉じ込めた。屋敷の中を歩き回らせたくなくて……。そして対外的には夫は死んだと言っていた――」

信じられない、と棚橋氏は唸った。

「おかしくなったのなら……脳の病いなら病院で治療すればいいじゃないですか！」

まるでダイアモンドがしでかしたことのように、棚橋氏は語気を強めた。

「おそらく夫人は日本の医療を信用していなかったのでしょう。実際、精神医療の分野では日本はまだ遅れている。母国に戻って診せたかったのかもしれないが、夫人の亡くなる前の明治三十七、八年といえば……」

「あ、」と棚橋氏は口を丸く開けた。

「日露戦争、ですか」

「そう。そのために渡航は難しかったのではないかと思います」

「な、なるほど……」

「夫人は戦争が終わるのを待っていた。だが、病いの夫を抱え、夫人も次第に追い詰められ、……もしかしたら麦角菌の毒のせいもあったのかもしれないが、発作的に海に飛び込んでしまった……」

「なんと哀れな」

棚橋氏は顔を覆った。

「それで、——チャリング氏は？」

「妻によって存在を隠された氏は屋根裏部屋にいたと思われます。しかし死んだ妻は戻ってこない。何も分からない氏は飢えたでしょう。なんとかして鎖を外し家の中を歩き回り食料のある食品庫に忍び込んだのではないのでしょうか？　そこにレイノルズ夫妻が引っ越してきて、チャリング氏は彼らから隠れながら屋敷の中で生きてきた」

「そ、そんなことが可能ですか？」

「レイノルズ夫妻の女中をしていたサトさんの話によると、彼女はときどきドレスを着たチャリング氏を目撃していたということです。ただ彼女は氏を幽霊だと思っていたらしい。レイノルズ夫妻はあまり屋敷にいなかったと言うことなので、可能だったんでしょう」

はあっと棚橋氏は首を振った。

「隠れ潜んで住んでいた、と?」

「レイノルズ夫婦が殺し合いをして、逃げたサトさんは食料庫に隠れました。しかし鍵をかけられ出られなくなってしまった。そこをチャリング氏に助けられた。彼は吾輩たちも脱出した小さなドアの存在をサトさんに教えてくれたんです。サトさんはチャリング氏と一緒に外へ出たが、彼はそんな異常な生活のせいか体が弱っていたものと思われます。それで逃げ切る体力がなくて木の洞に隠れ、そのまま……」

「死亡したと」

ダイアモンドはうなずいた。

「なんというか……恐ろしく、悲しい話ですね」

棚橋氏はチャリング氏の運命を思ったのか、つらそうな顔でそう言った。

「銀行側が屋敷を貸し出すときに屋敷の中の物をすべて処分していれば、麦角菌に侵された麦もなかったし、チャリング氏も発見されたかもしれない。なぜ手をつけず貸し出したのかわけがわかりません」

ダイアモンドは小さく肩をすくめ、疑問を口にした。

「家財道具いっさいつけて貸し出したかったんでしょうかねえ」

棚橋氏も推測で答えるしかない。

「香川氏が購入したときは、さすがに血まみれのソファや絨毯は処分したようですが。現在居間に置いてあるのは香川氏が自費で購入したものということです」

ダイアモンドがそう言うと黒木が手をあげて「俺が聞いてきた」と付け加えた。

「さっきも言いましたが、チャリング氏に関しては状況からの想像にすぎませんが……」

「いや、納得できる説明です。おそらくダイアモンドくんの言ってることは正しいでしょう」

棚橋氏は椅子から立ち上がるとダイアモンドに向かって手を差し出した。

「ありがとう、これで私もすっきりしました。幽霊はいないしもう出ない。林の白骨はチャリング氏ということで、私が青山墓地に埋葬しましょう」

「そうしていただけるとありがたい」

ダイアモンドは棚橋氏の手を握った。

「チャリング氏も浮かばれるでしょう」

棚橋氏の家を辞去して、ダイアモンドと十和、黒木はしばらく黙って歩いた。だが、家が見えなくなると黒木が身を屈めてダイアモンドを覗き込むようにして言った。

「本物の幽霊の話をしなかったな」

「必要ないだろう」

　ダイアモンドはつん、と鼻を上に向けた。黒木には屋敷で幽霊を見たということは伝えてあった。

「チャリング氏は奥さんや娘さんと一緒に墓地に埋葬される。もう出てくることはない。そもそも吾輩だから見えたんであって、普通の人は気づきもしないはずだ」

「香川ってやつが見たのは本物だったかもしれねえじゃないか」

「昨日、黒木さんに屋敷に連れていってもらっただろ」

　ダイアモンドは振り向いて言った。

「あのとき、屋敷のすみずみを歩いたけど、幽霊の気配は感じなかった。あの屋敷は空っぽだよ。なにも、誰もいやしない」

「そうなのか」

　黒木は疑わしい顔つきでダイアモンドを、ついで十和を見た。十和は黙ってうなずいた。

「そうか、じゃあこれで一件落着ってことか。白骨死体の発見でお前の探偵家業もまた名があがったな。これからも依頼が増えるだろう。また俺も手伝ってやるよ」

「それで散髪代をたかるんじゃないでしょうね」

十和が嫌みを言う。黒木は鼻で笑った。

ダイアモンドは日差しを跳ね返して輝く雪に目を細め、ゆっくりと歩いた。

昨日、屋敷を見て回ったことを思い出す。

黒木に言ったことは間違っていない。屋敷にはなんの気配も感じなかった。

ただ、帰り際に振り返ったとき、窓の中に姿が見えた。幼い少女と、彼女を抱きあげる男性と、微笑んでいる女性だ。

家族の姿だ。

それはあっという間に消え去った。

屋敷の思い出だったのだろうか？　屋敷の見た夢だったのだろうか？

そう思えるほど幸せそうな一家の姿だった。

棚橋氏がチャリング氏を埋葬したら墓地を訪れよう、とダイアモンドは考えている。

娘さんと奥さんとチャリング氏の冥福を祈ろう。

ようやく三人で眠れるようになった家族のために、大きな花束を持って行こう……。

第三話

「黄昏の馬車」

Teito Haikara Tantei cho

一　去りゆく馬車

「じゃあ行ってきますね、マイジュエリー」

　母の手が優しく頭を撫でる。

「お母さま、今日は夕方から雨が降ると言うよ。行くのはやめておいたら？」

　八歳のダイアモンドはレースに縁取られた白い襟の上で首をかしげた。

「そういうわけにはいきません。お父さまの代わりに、今はわたしがパーシバル貿易店の取締役なのですから。渋沢さまの園遊会に呼ばれるのは名誉なことなのですよ」

「だって今日はリズ伯母さまもいないのに」

　不安げに言う息子に母親は笑ってみせる。

「仕方ありません。お姉さまは今は北海道に行ってらっしゃるのだから。雨が降る前に失礼して早く戻ってきますよ」

「ほんとに？」

　頭の上から離れてゆく母親の手に、幼い息子はすがりついた。

「ええ、ほんと。そうそう、帰りに新橋の写真館に寄ってこの間撮った写真も引き取ってきます。楽しみにしてて」

「写真なんかいいから……早く帰ってきてね」

「はいはい、行ってきますね」

ダイアモンドの頬に母は優しいキスを落とした。そのキスをひどく冷たく感じてダイアモンドは驚いて顔をあげる。

母親はもうすでに馬車の中だった。

「お母さま？」

母親はダイアモンドの方を見もしない。ただ顔をまっすぐに前方に向けている。

「お母さま、待って！　やっぱり行っちゃやだめ！」

ダイアモンドは悲鳴のように叫んだ。しかし馬車はガタリと車輪を回す。

「お母さま、だめだ！　行っちゃいけない！」

今はもう十二歳になったダイアモンドが叫ぶ。手を伸ばして馬車の窓を摑もうとしたが、それは霧のように摑めない。

「お母さま！　お母さま！」

ガラガラガラと馬車の車輪が回る。ダイアモンドは馬車を追って走った。黒塗りの馬車は端からさらさらと崩れてゆく。

「お母さま！」

崩れゆく馬車の先にあるのは大きな闇だ。深い穴のようなそれはすべての光を吸い込んでゆく。

馬車の御者が身を乗り出して、ダイアモンドの方をゆっくりと振り返った。

その顔は真っ白な髑髏（どくろ）だった……。

「……坊ン、坊ン！」

肩を揺すられていることがわかったが、目が開かない。ダイアモンドはこめかみに力を入れて、まぶたをこじ開けた。

目の前に十和の気遣う顔がある。ダイアモンドは体を起こした。腕の下にあるのはマホガニーの大きなデスク。ぐるりと見回せばここは銀座の事務所だ。

「……寝てた？」

「寝てましたね」

「吾輩、なにか言っていたか？」

「いいえ」

十和はすぐに答えた。その返答の早さにきっとうなされていたのだろうと思う。

「お母さまの夢を見ていた」

だから自分から言った。確かに母親の夢だ。母親の夢は見たくない。いつも最後の日の夢だからだ。

「お茶、いかがですか？」

十和がダイアモンドから離れて聞いてくる。答える前に十和は暖炉から薬缶を下ろした。

「客が来ないと眠くなりますよね」

両面宿儺や幽霊屋敷の事件を解決して以来、ダイアモンドの知名度はあがり、新聞に顔写真も載るようになった。だからといって客が押し寄せてくるわけではない。逆にそんな怪奇な事件ばかりを扱う探偵だと、不気味がられているようだった。

十和は陶器の壺からインドの農園で採れた紅茶の葉をすくい、茶器に入れる。そこにお湯を注ぐと部屋の中に爽やかな香りが漂った。

「いい匂いだな」

「レディ・リズご自慢の紅茶ですからね」

コトリとデスクにティーカップが置かれる。ダイアモンドは鼻先にカップを当てて、すうっと香りを吸い込んだ。

「雨の日は紅茶の香りがいっそう立つ気がする」

そう。今日は雨だ。窓の外の煉瓦を打つ雨の音が、あの夢を見させたのだろう。

母の馬車が襲われ、母が亡くなったという知らせを受けたのは、雨が本降りになった夕方だった。駆けつけたダイアモンドを、母を、冷たい雨が打ち据えた。

煉瓦の道に落ちる雨の音は、いやでもあの日を思い出させる。

「この雨がすっかり雪を溶かすでしょうね。そうしたらもう春ですよ」

十和は明るい調子で言ってくれる。ダイアモンドは窓を見つめた。雨が筋をつくる向こうに銀座の街が歪んで見えた。

ダイアモンドは視線をデスクに戻すと、読みかけの洋書に目を落とした。イギリスから取り寄せた、最新の犯罪捜査の専門書だ。発生した事件やその捜査方法が書かれている。日本ではまだ確立していない科学的捜査や鑑定学、心理学について、ダイアモンドは依頼のない時間を利用して学んでいた。

「ごめんください」

ドアの向こうで訪いの声がする。

「ダイアモンドさんの事務所はこちらかね」

ドアにはちゃんと「ダイアモンド探偵事務所」というプレートがかけられているのだ

が、そういう尋ね方をするものは多かった。

十和が入り口まで行き、ドアを引くと、そこには着物に外套姿の男が立っていた。手にはびしょ濡れの蛇の目傘を持っている。

「あ、ええっと」

男はずぶ濡れの自分の格好を気にしているらしく、ドアの内側に入ろうとしない。

「いらっしゃいませ。傘と外套をお預かりします」

十和が手を出すと、慌てて傘を渡し、外套を脱ぐ。足下には泥はねがあった。

銀座の大通りは煉瓦で埋められているので、銀座以外、もしくは裏通りから来たらしい。体格はいいが、着ている物はくたびれていて、破れを直した跡もある。見たところ職人風の男だった。

「雨の中ようこそ」

ダイアモンドはデスクの後ろで立ち上がり、手でソファを示した。

「ご用件をお伺いします」

男は口を開け、ダイアモンドを見つめる。大体の日本人はダイアモンドの外見に驚くので、見られることは慣れていた。だがこの男の視線は驚きというのとは少し違う感じがする。

（確認されている？）

ダイアモンドは男の目つきにそんな感想を抱いた。

「あ、ああ……あのう」

男は一歩だけ部屋の中に進んだ。

「あんたが、ダイアモンド……さん？」

「そうだ。吾輩がダイアモンド探偵事務所の所長、ダイアモンド・パーシバルだ」

「ええっと、そのう、」

男は自分の着物の前を握ったり離したりしている。

「実はこないだ古い新聞を見つけてよ。その、四年前の十一月五日のもんなんだが」

男は懐から古い新聞を取り出した。

四年前、明治四十年十一月五日！

ダイアモンドははっと男を見つめた。その日付は忘れることができない。母親の死んだ雨の日だ。

「これに写真が——女の人の写真が載っててよ。馬車強盗にあったって」

「……それは吾輩の母の写真だ」

ダイアモンドはゆっくりと椅子から立ち上がった。さっき見た夢の残像が頭をよぎる。

「ああ、やっぱりそうなんだ。それでこっちがこないだの幽霊屋敷の新聞で……」

　十和がバタンとドアを閉める。男はうろたえた顔で閉まった扉を見やった。十和は動かずにドアの前に立っている。

「あの、ええっと……」

「吾輩の母の写真が――なんだって？」

　ダイアモンドはデスクを回って男に近づいた。男は押されたかのように下がったが、すぐに十和の胸に背が当たり、慌てて離れる。

「いや、その、あのう……あんたのおっかさんは馬車強盗に殺されたんだろ？　俺はその犯人を知ってるかもしれねえんだ」

　ダイアモンドは目を見張った。先程の夢は予知夢だったのか。母はこのことを告げていたのか。

「誰だ！」

　ダイアモンドは男に飛びついた。男の顔はダイアモンドの頭一つ上にあった。

「誰がお母さまを殺したんだ！」

「坊ン」

　十和の手が肩に乗る。強い力で背後に引かれた。

「……っ」

　ダイアモンドは男の着物から手を離した。息が震え、うまく吸い込めない。

「……すまない、驚かせたな」

　頭を下げる少年に男はほっとした顔をした。

「いや、こっちこそいきなりで、すまねえ……そうだよな、おっかさんが殺されたんじゃ落ち着いてなんかいられねえよな」

「こちらのソファにおかけください」

　十和が再度促したが男は首を横に振った。

「いや、今日はその……確認しにきただけなんだ。この写真の人がほんとにあんたのおっかさんなのか。それで俺の持っている情報を坊ちゃんが買ってくれるかどうかってな」

「金を払えというのか？」

「ああ……」

　男はうなだれた。

「俺だってこんなことしたかねえ。親を殺されたら下手人を知りたいのは人情だよな。だけど、今俺には金が必要で、その金に換えられるのがこれしかねえんだ。すまねえ」

「いや」

ダイアモンドは手を後ろに組んで申し訳なさそうな顔をしている男に対峙した。

「有益な情報には金を払うのが当然だ。吾輩はその情報が欲しい。いくらだ？　すぐに用意する」

男はしばらく自分の足からしみ出して行く泥水を見ていた。やがて蚊の鳴くような声で呟く。

「……五十円……」

「わかった」

ダイアモンドは即答した。男は驚いた顔をあげる。当時の小学校教師の給料が二十円の時代だ。子供が軽々しく口に出していい金額ではない。

「今ここにはないが、明日必ず用意する。だが、犯人の情報だけでなくそいつが犯人である根拠、証拠もほしい」

「そ、それは大丈夫だ。証拠はある！」

「今持っているのか？」

男はぱっと両手を広げなにか言いかけたが、すぐに拳を作って腹の前に当てた。

「いや、すまねえ。今日は持ってこなかった……」

「そうか」

ダイアモンドは唇を噛んだ。

「では明日、情報と証拠を持ってきてくれ。金は必ず用意しておく。何時に来れる?」

「あ、ありがてえ」

男は膝に両手を置いて頭を下げた。

「明日は昼までには来る。俺は石田(いしだ)ってもんだ。俺の知ってることは全部話す。だから金を必ず頼む。頼みます!」

まるで乾いた砂漠で泉を見つけたような顔で、男——石田は叫んだ。彼にとってもその金が命綱だったのだろう。

「わかった」

石田は十和から外套と傘を受け取ると、何度も頭を下げて出て行った。

ドアが閉まった途端、ダイアモンドはその場にしゃがみこんでしまった。

「坊ン、大丈夫ですか?」

十和が慌てて駆け寄ってくる。

「……あの男」

ダイアモンドは床に落ちた雨のしずくを指でなぞった。

「こんな雨なのに、なぜか白い砂を落としていった……服についてたのかな？　それに指が墨で汚れていた」

「坊ン」

「着物を摑んだとき、腕に触った。ずいぶん太くて硬い腕だった。重い荷でも扱っているのかな……」

「坊ン、大丈夫ですか」

十和がもう一度言うと、ダイアモンドは泣きそうな笑い出しそうな顔で彼を見上げた。

「大丈夫だ。吾輩嬉しいんだ……嬉しいんだよ」

「坊ン」

「これでようやくお母さまを殺したやつを捕まえられる……」

ダイアモンドが探偵事務所を開いた一番の目的は母親を殺害した犯人を見つけることだった。

帝都の美少年探偵として新聞で顔が売れれば、いつかきっと、誰かが殺人の情報を提供してくれる……狙いは正しかったのだ。

「今日はもう事務所は閉める。早くリズ伯母さまに知らせなくては。金を用意してもらう必要があるからな」

「野暮なことは言いたくないんですが、明日の学校はどうしますか？」

それを聞いてダイアモンドは思わず笑ってしまう。

「ほんとに野暮だな、休むに決まっている。外せない用事ができたと学校には連絡してくれ」

「わかりました」

十和は入り口あたりにかけていたハンガーからダイアモンドのマントを取った。

「明日が待ち遠しいですね」

「うむ」

しかし。

——翌日、石田は来なかった。

二　新しい事件

日暮れまでダイアモンドは石田を待っていたが、煉瓦街にガス灯の火が入り始めた頃、うなだれて立ち上がった。

引き出しに入れていた五十円という大金を鞄に入れ、帰り支度を始める。

「きっとなにか急用ができたんですよ」

「明日は来るかな」

「明日も学校は……？」

「休みだ」

ダイアモンドは十和の言葉にかぶせて言った。

「石田が来るまで学校は休む」

「坊ン……」

「せっかく伯母さまからお金を預かったのに……伯母さまだって期待していたのに」

ダイアモンドは金を入れた鞄を拳で叩いた。

「どうしたんだ、石田はっ！」

「もう一日待ってみましょう。金に困っているようだったから、必ず来ますよ」

「……」

ダイアモンドは目にかぶさった前髪を手で勢いよく払いあげた。

「わかった、もう一日待ってみる」

「はい」

探偵事務所のドアにクローズの札を下げて、二人は銀座の街に出た。

昨日の雨は今日も降り続いている。歩道も車道もびしょ濡れだ。電車が派手に水しぶきをあげながら走って行く。点々と残る水たまりに、黄色いガスの火が落ちて、ゆらゆらと揺れていた。

「……新橋に寄っていく」

ダイアモンドは自宅とは反対方向に足を向けた。十和が頭上で蝙蝠傘を開いてくれた。

冬の日は落ちるのが早い。五時も過ぎればもう薄暗い。ガス灯のおかげですれ違う人の顔がようやくわかるという暗さだ。

御者台にランタンを下げた馬車が通り過ぎる。この暗さでは馬車に誰が乗っているかなどわからない。だから母は狙って襲われたわけではなかったのだろう。

ボンボンボン、と蝙蝠の上で雨粒が跳ね上がる音がする。和傘に落ちる音とは違う、低い弦楽器の音のようだ。

「誰でもよかったんだ……」

ダイアモンドは呟いた。「え?」と十和が身を屈める。

「馬車に乗るなら金持ちだろうとあたりをつけただけの雑な犯罪だったんだ」

まず一人が道の真ん中に飛び出す。御者が慌てて馬を引いて馬車を止める。

そののち隠れていたもう一人が馬車に駆け寄り、ドアを引いて中に入り、匕首で乗客を刺す。

悲鳴に御者は飛び降りようとしただろう、それを飛び出してきた男が斬りつける。そして馬車に入った男は乗客の持っていた荷物を奪い、飛び降りて逃げる。

「……乱暴な仕事だ。そんな乱暴で簡単な一瞬の出来事で、お母さまは命を奪われてしまった」

ダイアモンドは左右の通りを見回した。この時間、通りを歩く人間は少ない。雨ならばなおさらだ。

目撃していたのは馬車が止まった場所にあった店の人間だけだった。しかもガラス窓を流れる雨粒のせいで顔がよく見えなかったと証言した。

その犯人がわかるかもしれなかった。なぜ石田は今日来なかったのだ。

ダイアモンドは雨が伝う手を握りしめた。

頬にひやりと冷たい息が吹きかけられた気がした。顔をあげるとこちらに向かって馬車がやってくるところだった。

「……」

それは馬も車体も真っ黒だった。黒い馬の手綱を握っている御者も黒い。御者台に下げられたランプは青白く、ほのかに御者の顔を照らしている。

「ア……」

ダイアモンドは喉の奥で声を殺した。

その御者の顔は——白い。

白いのも道理だ。御者の顔は皮膚も肉もない髑髏だったのだから。

馬が駆け、車輪が回っているのになんの音もしなかった。それは無音でダイアモンドの前を通り過ぎる。

馬車の窓には誰も見えなかった……。

「坊ン？」

耳元に十和の声が落ち、ダイアモンドははっと瞬きした。幻想の馬車は消えている。

向こうから来るのは電車の光だ。ダイアモンドは眩しさに目をつぶった。

「どうしました？」

「——なんでもない」

十和は見ていなかったのだろう、今の死神の馬車を。

あの馬車に今夜誰が乗せられるのか。

愛する人の命を理不尽に奪われる、自分のような人間が、また生まれるのか。

止めることも追いすがることもできない死神の馬車。雨に濡れることもないあの馬車を濡らすのは、ただ涙だけなのだ。

翌日、ダイアモンドはまた学校を休み事務所に出かけた。エリザベスはそのことになにも言わなかった。ダイアモンドにとって大切な母は、彼女にとっても大事な妹だ。手がかりを諦めきれないダイアモンドの気持ちは彼女もよくわかってくれているらしい。

マホガニーのデスクの上に洋書を開いてはいるが、目は同じ箇所を何度も行きつ戻りつした。おかげで人間の死後硬直の時間経過については暗記してしまった。

ダイアモンドの頭には石田が今日来るかどうか、ということしかなかった。

十和が冷めてしまった紅茶のカップをさげ、新しいものを入れてくれたとき、ドアがノックされた。

ダイアモンドは思わず立ち上がった。十和が急いでドアを開けてくれたが、そこにいたのは待ち人ではない。

「なんだ、黒木か」

ダイアモンドはがっくりして椅子に戻る。黒木はそんな無作法にも頓着せず、ずかずかと少年探偵に近づいた。

「おはようさん。さっそくだが署まで来てもらえねえか？」

「駄目だ。吾輩今日は約束があるのだ」

「そう言うなよ。神田で男の死体が見つかったんだ。そいつの懐にお前の名とここの住所を書いた紙があったんだよ、身元がわかんねえんで面通ししてもらいたいんだ」

「男の死体？」

ダイアモンドは再び腰を浮かせた。

「まさか……」

「心当たりがあるのか？」

「体格のいい、職人風の男か？」

「そうだ」

「いつ死んだんだ」

「見た感じ、昨日の昼過ぎだったな。雨で作業してなかった建てかけの家の中に隠されてたんだ。今朝死体を見つけた大工が知らせてきた」

ダイアモンドと十和は顔を見合わせた。

「わかった、すぐに行く。十和はここにいてくれ。もし石田が来たら――」

「引き留めておきます」

ダイアモンドはコート掛けからマントを取ると、黒木よりも先にドアを飛び出した。

ガランとした石作りの部屋でダイアモンドは死体と対面した。寝かされている男はやはり石田だった。胸を一突きされている。おそらく小刀か匕首が使われたのだろうが、凶器はそばにはない。

おとついから降り続いた雨が、屋根のない家の中に寝かされていた男を打ち続け、見つかったときは凍り付いていたそうだ。

死因は大半の血を失ったことによる失血死。

「昨日、石田が吾輩の事務所を出たのは午後三時近かった」

ダイアモンドは石田の遺体に筵（むしろ）をかぶせるとしゃがんだまま黒木を見上げた。

「銀座からここまでは歩いても三十分もかからねえ。だがいくら雨でも明るいうちに現場で殺しはやらねえだろう。日が暮れてからだな」

「雨の夜中に建てかけの家で？　真っ暗だし足場も悪いぞ」

ダイアモンドが言うと黒木は想像したのか「ふむ」と顎をつまんだ。

「殺した場所が違うっていうのか？」

「骨組みだけの素通りの家の中で立ち回りが始まれば、どこへだって逃げられる。逃げ場のない、たとえば自宅で殺してから夜にここへ運んだ方が楽だろう」

ダイアモンドは苦い顔で言った。石田が事務所を出てから殺されたなら昨日も今日も来られるはずがない。

「お子様の言うことじゃなあ」

黒木はバリバリと頭をかく。ダイアモンドは青い目を冷たく光らせて巡査長を睨んだ。

「まあ、人一人運んでいるようなやつがいたかどうか聞き込んでみる。手押し車を使うか、背負うかって感じか」

「雨の夜だとしたら目撃者も厳しいな」

ダイアモンドはそう呟いて身を起こすとうつむいた。手がかりが消えてしまった。雨に流された血のように。

「石田は事務所の住所を書いた紙の他にはなにも持っていなかったのか？」

「ああ、財布もない。だから物取りかと思ったんだが」

黒木はダイアモンドの顔を覗き込んだ。

「こいつがお前のところへ来て四年前の強盗殺人の犯人を知っていると言った。そのすぐあとだ、関係がないとは思えねえ」

「吾輩もそう思う」

ダイアモンドは道すがら黒木に石田が事務所を訪問していたこと、その目的を話していた。母親が馬車強盗に殺されたと告げると、唇を下げて眉をあげるという器用な顔をしてみせた。

「しかしなあ」

黒木は筵をかぶった遺体を見下ろした。

「わかったのは石田って名前だけだ。どこに住んでいるのかなにをしてるやつなのか皆目見当がつかねえ」

「おとついから帰ってないなら家族からそういう訴えは出ていないのか？」

黒木は部屋のドアを開けてダイアモンドを促した。

「今あちこちの署へ問い合わせているが……風体からすると職人だろう。そういうやつは二三日帰らなくてもかみさんもなにも言わねえだろうよ」

連れていったのは大勢の巡査が机仕事をしている部屋だ。金髪の少年にみんなが珍しいものを見る顔をする。わざわざ立ち上がって見るものもいた。

「印刷業なのかもしれない」

ダイアモンドは呟いた。

「へ？」

「事務所へ来たときに石田のそばに白い粉が落ちていた。それに雨にも流れないほど手が墨で汚れていた。腕も太いし重い物を持ちあげる職業なのかな、と」

「それでなんで印刷屋？　白い粉って？　墨を使うのは印刷だけじゃねえだろ」

「明治の初年から石版印刷というのが始まってね」

ダイアモンドは手近の机にあった新聞を取りあげた。

「こういう写真をそのまま緻密（ちみつ）に印刷する技術だ。もちろん写真そのものではなくて、それを手作業で写すんだが、それには大きな石を使う。石を削って磨いて平らにして、そこに絵を描くんだ。そのときに白い粉が出る」

「なるほど。大きな石を扱うから腕も鍛えられる」

「墨も多量に使うだろう」

「わかった。行方不明の届けを調べるのと一緒に印刷屋も探してみよう」

「お子様の言うことを信じるのか？」

ダイアモンドがからかうと黒木はへらりと笑って、

「絵に描いた餅よりは手応えがありそうだからな」と答えた。

黒木が石田の詳細がわかったと教えてくれたのは、その日の夜遅くだった。わざわざダイアモンドの自宅まで来てくれたのだ。

　ダイアモンドの言うとおり石田は石版を扱う印刷会社の社長だったので、借りを返したつもりなのだろう。

　石田印刷は石田と職人三名の小さな町の印刷会社だった。店の奥が自宅になっており、石田の家族と職人たちが住んでいる。

　石田は元武士で、家族の話では彰義隊（しょうぎたい）に加わっていたらしい。そこで大敗して山を抜け、刀を捨てて平民になった。

　その後はいろいろと職を変え、印刷業を始めたのは十五年ほど前だという。妻を娶り、石版印刷で稼いでいたが、今は最新のアルミ印刷に客を奪われ経営が傾いている。借金の返済が追いつかず、石版印刷の機械を手放すか、というところまで来ていたという。

「そんなわけでとりあえず職人を一人辞めさせたらしいんだが、これが揉めたらしい」

　黒木はパーシバル家の応接間で紅茶を飲みながら言った。

「最後には大喧嘩になって、殺してやるとかなんとか、物騒なことを言ってたのを家人や仲間の職人が聞いている。警察はそっちの線で捜査するってよ」

「彼が吾輩の事務所へ来たことは……」

　黒木は飲みかけの紅茶に砂糖を二杯足すと、ティースプーンでくるくるかき回した。

「上には伝えたが重要視されてねえ。大体が四年前の馬車強盗の件が気に入らないらしい。あれはまだ犯人が見つかっていないから、警察としても触ってほしくねぇんだろう」

「重要な手がかりかもしれないのに……っ」

ダイアモンドは金色の前髪の下から黒木を睨んだ。それに黒木は軽く肩をすくめ、

「一応石田のかみさんに聞いたが、四年前の事件のことはまったく知らないようだった。念のためその日の石田の動向も聞いてみた。かみさん、帳簿を引っ張り出して調べてくれたが、旦那の文字が残ってたんで、たぶん一日家にいただろうってよ」

「そうか」

「石田印刷は神保町(じんぼうちょう)にあるんだが」

黒木は紅茶――おそらく最後の方はただの砂糖水だ――を飲み終わると、ソファから立ち上がり制帽を手に取った。

「行くなよ？　警察は余計な口出されるのを嫌うからな」

そう言って黒木が帰ったあと、十和が紅茶を片付けながら呟いた。

「行くなって、だったら場所を教えなければいいのに」

「ふん」

ダイアモンドは鼻を鳴らし、自分の紅茶のカップをとった。

「十和。明日も学校を休む。連絡を頼む」

「わかりました、坊ン」

三　石田印刷

翌朝ダイアモンドは神保町にある石田印刷に向かった。現在は古本屋街になっている神保町には当時多数の印刷会社が立ち並び、ガチャンガチャンと景気のいい機械音を響かせていた。

「街に墨の匂いがするな」

通りに立って、ダイアモンドは呟いた。

その通りで石田印刷の名を聞くと、簡単にわかった。教えられた店の前に立つと、なぜ石田が資金繰りに追われているのか理由がわかった。家の二階の壁が黒焦げになり屋根が落ちている。火事が出たのだろう。それを直す余裕もないということか。

「ごめんください」

ダイアモンドはガラスの引き戸を開けて声をかけた。店の中は広い土間になっていて、たくさんの机や棚が置いてある。机の前の壁には無数の写真が押しピンで留められていた。描き写すためのものだろう。

土間の向こうには閉まった障子戸があり、そこから住居になっているらしい。

かなりの時間をかけて、その障子戸が開き、中からやつれた様子の女が顔を出す。石田の妻にしては若く見えた。

「相済みません、今は店を開けていないんですよ……」

ダイアモンドと十和を客と思ったのか、妻はほつれ髪もそのままに上がり框で頭を下げた。

「吾輩たちは客ではありません」

「えっ……」

妻は目をぱちぱちと瞬かせ、ダイアモンドと目をあわせた。

「実はおとつい石田さんが吾輩のもとへ来てくれたのです」

「あ、あんた……あの人の言ってた坊ちゃん……」

妻はこのとき初めて自分の相手の容姿を確認したようだ。

「昨日もお会いするはずでした。でも、突然石田さんが亡くなられたと聞いて……」

そう言うと妻はわっと両手を顔に当てて泣き出した。

「あ、あの人は金が手に入るかもしれないからって……っ、あの人は、あの人はなにか悪いことをしたんでしょうか？」

妻の後ろから子供たちがおどおどとした様子で顔を出す。母親の泣き声に驚いたのか、ダイアモンドと同じ年くらいの少女と、それより幼い少年だった。

「あの人は優しくて真面目な人なんですよう。子持ちのあたしを後添えにしてくれて、辛い思いはさせないからって一生懸命働いてて……」

「お金が手に入るというのは確かでした。吾輩、石田さんからなにかを買う約束になっていたんです。おかみさん、それがなにかわかりませんか？　石田さんは吾輩のことをなんと言っていたんですか？」

ダイアモンドはつっぷしてしまった妻の背にそっと手を置いた。肉のない、痩せた背中だ。突然夫を奪われた悲しみの形がその薄い背中を作っている。

「あたしにはなにも……あの人はずいぶん悩んでいたようなんですけど、なにも言ってくれなくて」

妻はようやく着物の袂(たもと)で涙を拭くと、洟をすすりながら立ち上がった。子供たちに「ここで待っておいで」と言って、店に降り、ダイアモンドと十和を奥へ案内した。

「そこの石版……とれますか？」

壁に沿って棚が作られており、そこに白い石の板がたくさん載せられていた。

「使用済みの石版です。これから削ってもう一度使うんですが」

十和が妻に指示された場所の石版を下ろす。一枚一枚がかなり重い。確かにこんなものを毎日上げ下げしていれば腕は鍛えられるだろう。

「これです」

妻が示した石版を見てダイアモンドは顔色を変えた。そこには母と自分が描き出されていたのだ。

「これは――」

「これ、あんたさんですよね？」

妻は石版の中の幼い少年とダイアモンドを見比べた。

「この石版は、写真をもとに作ったんです。異国のべっぴんさんや芸者なんかの印刷がよく売れるんで、そうした写真を買って作るんです。持ち込まれることもあります」

他にも写真から起こしたらしい女性の顔の石版がいくつもある。

「元になった写真は先月夫の古い友人が買って欲しいと言って持ってきました。うちも余裕はないんだけど、夫は友達のためだからと安くないお金を出してました。てっきり古いものだと思ってたんですが、最近になってあんたさんの写真を新聞で見て、この写真の子供にそっくりだって夫が騒ぎ出して――」

「その写真は……八歳の誕生日に母と撮った写真です」

ダイアモンドは震える声を押しだした。

「母はこの写真を写真館に取りに行って、その帰りに殺されました。だからうちにはありません。石田さんは犯人を知ってると言っていた。石田さんはその写真を証拠として持ってくるつもりだったんだ」

「ええっ」

さすがに妻は驚く。そんな因縁のある写真だとは思ってもいなかったのだろう。

「元の写真はどこです？」

黙っていた十和が石田の妻に聞いた。妻は部屋の隅にある机の引き出しをいくつか引いて写真の入った紙袋を取り出した。

「全部ここにありますが」

ダイアモンドはものもいわずその袋を奪い取ると、机の上に中身を出した。

肖像写真や風景写真が机いっぱいに広がる。それを両手でかき回して探したが、中にダイアモンドと母の写真はなかった。

「これだけですか？　他には？」

「仕事で使う写真はこれだけですよぅ」

ダイアモンドの勢いに妻が泣きそうな声で答える。

「ないということは——石田さんが持っている？」

「だけど黒木巡査長は写真のことは言ってなかった。彼が嘘をついているんじゃないとしたら」

ダイアモンドは爪を噛んだ。

「石田さんを殺したやつが持って行った……？」

「ちょっと待てよ！」

急に別な声がした。振り向くと大柄な青年が立っている。藍色の木綿のまくりあげた袖から見える腕は、丸太のように太い。

「良夫（よしお）さん」

石田の妻が青年の名を呼ぶ。どうやら息子のようだ。年齢的には前妻の子だろう。角張った顎の線が父親とよく似ている。

「さっきから聞いてたけど、そしたら親父はあんたのところに写真を持って行こうとして殺されたってことじゃねえのか!?」

良夫という息子は母親を自分の背後に隠すように立った。体格がいい。父の下で印刷業に日々励んでいるのだろう。

「親父が新聞であんたに気づかなかったら、てめぇのとこに話しに行かなかったら、死ななかったんじゃねえのか？」

「それは……」

ダイアモンドは目をそらした。関係あるかもしれない。石田の遺体から写真が発見されなかったのなら、あるいは。

「それじゃあ、てめぇのせいで親父が殺されたんだ！」

良夫が吠える。母親は息子の太い腕を後ろから引っ張った。

「良夫さん、おやめ。この坊ちゃんだっておっかさんを亡くしているんだよ」

「そんなの昔の話だろ！　でも俺は、俺たちは今！　親父を亡くしたんだ！　親父を返してくれよ！」

「いい加減にしな！　良夫ッ」

母親は前に回ると、自分の頭より上にある息子の頬をぴしりと張った。後添えでも遠慮はないようだ。

「父ちゃんが死んだのはこの人のせいじゃないだろう！」

「そのとおりです、犯人は別にいる！」

十和がダイアモンドの前に立って、良夫の目を睨みつけた。十和は細身だが背は良夫より高い。

「我々は探偵です。犯人は我々が必ず見つけます！　このダイアモンド探偵長が！」

「……十和」

ダイアモンドはまっすぐな板のように立つ十和の背を見つめた。風雨からも暴言からも自分を守る強い背――。

母の叱責と十和の言葉に気圧されたように良夫が体をふらつかせた。そこへ軽い足音がして、さきほど顔を覗かせた少年少女が駆けてくる。

「ほんとに⁉　犯人見つけてくれる？」

「父ちゃんの仇とってくれるの⁉」

二人は母と兄にしがみついた。

「お願い！　父ちゃん夜も寝ないでお仕事してたの」

「お金が返せないと印刷機とられちゃうんだ！」

「お前たち……」

母親が幼い二人を抱きしめる。

「大丈夫だよ、母ちゃんが頑張るから。父ちゃんの残した印刷所、潰したりしないよ」

「でも母ちゃん……」

幼い子供たちが泣き出し、年長の良夫も涙を隠すようにうつむいた。突然父を奪われて、悲しみや怒りの矛先をどこにも向けられなかったのだろう。その気持ちは――ダイアモンドにもよくわかった。

「必ず、――必ず犯人を見つけます」

ダイアモンドは声に力を込めて言った。

「写真を売りに来たという人を教えてください」

「古い友達というだけで名前は教えてくれませんでした。夫は昔彰義隊にいたと言っていたので、そのときのお友達かもしれません」

それは黒木から聞いていた。四十三年前、日本を二つに分けた戦いが東京上野で起こった。侍の歴史の終わりを告げる戦いだ。その最後の侍の一人が、母を襲い写真を奪ったのか。

ダイアモンドは石版に写された母と自分の姿を見つめた。幸せそうに微笑む美しい母、これから起こることも知らずに無邪気に微笑む幼い自分。

「これは坊ちゃんにとって大事な写真だったんですね」

妻が労りの声をかけてくる。ダイアモンドはかすかに顎を引いてうなずいた。

「母の最後の写真です……」

妻はほつれた髪を直すと、縮まっていた背をしゃんと伸ばした。

「警察がいろいろ調べると言って、うちの人の遺体が戻ってくるのは今晩なんです。葬式は明日だします。よろしければ線香をあげにきてやってください」

「わかりました——あの……」

ダイアモンドは机の上の石版を指さした。

「写真の代わりにこれを譲っていただくことはできますか？　お代はお払いします」

「ええ、……かまいませんけど、重いですよ」

「大丈夫です」

十和が腕を曲げて見せる。その笑みにつられたように、妻の顔もほんのり和んだ。

「ああ、そうそう」

彼女はなにか思いついたらしく、一度奥へ引っ込んだ。やがて大事そうにハガキを持ってくる。どうやら年賀状のようだ。

「うちの古いお友達、もう一人いたんですよ。そっちの人は名前も住所(ところ)もわかっています。もしかしたらその人が写真を持ってきた人を知ってるかも。その人も彰義隊だったそうです」

妻はハガキを差し出した。そこにはちゃんと差出人の署名がある。

十和がジャケットのポケットから手帳を取り出し、万年筆で住所を書き写す。この万年筆は四年前に丸善がデ・ラ・ルー社の日本における代理店として販売した「オノト」で、当時の文豪たちに愛された品だ。

「ありがとうございます」

「いいえ。坊ちゃん、写真を勝手に使ってごめんなさいね。とってもおきれいなおっかさんだね」

「……はい、ありがとうございます」

ダイアモンドは唇を噛んだ。母は美しい人だった。生きていたときはみんなが彼女の美貌を褒めたたえた。四年ぶりの賞賛の声に、唇を噛まなければ涙が零れそうだった。

ダイアモンドはマントの内側に手を入れ封筒を出すと、妻に渡した。

「これは石田さんに渡そうと思っていたものです。今の情報と、この石版のお礼として受け取ってください」

「ああ、ありがとうねえ」

妻は封筒を押し頂く。十和は両手でよいしょと石版を抱えあげた。

「ちょっと待てよ」

さっきと同じ言葉を良夫が発した。振り返ると藍染めの風呂敷をぐいっと突き出す。

「使えよ」

「ありがとう」

ダイアモンドが微笑むと、ぷいっとそっぽを向く。十和は石版を風呂敷で包むと背中に背負った。

ダイアモンドたちが店を出たあと、妻は封筒の中を検めた。途端に悲鳴があがる。

「どうした、母ちゃん！」

良夫が駆けつけた。母は息子に震えながら封筒の中を見せる。

「えっ！」

良夫は中に入っていた大金に仰天し、母と顔を見合わせた。慌てて店を出て通りを見回したが、もうダイアモンドも十和もどこにもいなかった。


ダイアモンドと十和はその足で封筒に書かれていた住所に向かった。上野の方角だったので人力車を利用する。電車が街を縦断するとはいえ、人々の足はまだまだ人力車を必要とした。

ダイアモンドは膝の上に乗せた石版をそっと撫でた。写真から描き写したそれは厳密には写真そのものではない。だが熟練の画工は母と自分を生き生きと美しく石の上に写し取っていた。まるで時間が石の中に閉じ込められたようだ。

「犯人を見つけ、写真を取り戻す……！」

ダイアモンドは石版に強く誓った。

四　竜賀剣術道場

石田に手紙を送った友人は竜賀才蔵（りゅうがさいぞう）という人物だった。その住所を訪ねると、黒塀に囲まれた剣道場が建っている。

入口には大きく「江戸竜賀流」と書かれた看板がかけられていた。

玄関で訪うと、月代（さかやき）こそ剃ってないが、髷（まげ）を頭に載せた若者が対応してくれた。当然袴姿だ。まるでこの屋敷だけ時間が徳川の世で止まっているようだ。

通された座敷の床の間には「士魂」と大書された掛け軸がかかっている。火鉢の一つも置かれていないそこでは部屋の中なのに息が白くなった。ダイアモンドも十和も礼儀として外套を脱いでいたので寒くて仕方がない。

「剣豪が出てくるのかな」

「熊みたいなのかもしれませんね」

そんな話を小声でしていると、やがて障子が開かれ、道場主が姿を現した。

「お待たせした」

現れたのは剣豪でも熊でもなかった。案外と痩せた、しかし鋭い目をした老人だった。月代を剃って髷を結っている。この寒さの中でも素足で木綿の着物に袴だけだ。どうやら彼も江戸から時間を止めて生きてきているらしい。

「石田の件でいらしたとか」

竜賀才蔵は床の間の前にふわりと腰を下ろしあぐらをかいた。所作は静かなのに、対峙すると迫力を感じる。

「ダイアモンド・パーシバルくんか」

竜賀はまじまじとダイアモンドを見つめたあと、口の中で呟いた。

「娘ではなかったのか……」

「は？」

ダイアモンドもまた、竜賀の口元を凝視していたせいで聞き取れたほどの呟きだった。

「石田がどうかしたのか？」

竜賀は余計な話をするつもりはなかったようだ。すぐに用件に入った相手に、ダイアモンドも姿勢を正す。

「亡くなられました」

「なんと……？」

竜賀は目を見開く。石田の家人は彼に伝える余裕もなかったのだろう。

「なぜだ？　なぜ石田は……」

「殺されたんです」

「馬鹿な！」

竜賀はうつむき、袴の膝をぎゅうっとねじった。

「せっかく上野の山で助かった命だというのに」

「竜賀さんも石田さんも彰義隊に参加されていたと」

「そうだ。我らは徳川のために日ノ本(ひのもと)を好き勝手にしようとする薩長を成敗するため集まった。だが、やつらは力尽くで我らをねじ伏せたのだ……そして侍は姿を消した。根絶させられた。しかし、姿を消しても魂は残っている。わしはその魂を後世に残すために若い者に剣術を教えている」

「石田さんは誘われなかったんですか？」

「山から逃げた時点で我らは別々の道を進んだ。自分で決めた道ならば、わしはなにも言わん。やつは刀は捨てたが心に刃を持っている。魂は侍だと思っていた」

竜賀ははあっと大きく息を吐いた。

「残念だ……くそ……っ！」

心底無念そうに吐き出すと、ぶるぶると腕を震わせる。顔にいくつも深いしわが刻まれた。

「竜賀さん、こちらをご覧ください」

ダイアモンドは風呂敷包みを自分の膝の前に押しだし、ほどいた。中から白い石の板が出てくる。

「これは……石版だな？」

竜賀はちらりと視線を動かして言った。

「はい。ご存じですか？」

「ああ、石田が印刷屋を始めたとき、祝いに行ったことがある」

なるほど、祝いに行くほどなら時候の挨拶で文のやりとりくらいするだろう。

「これは石田さんが石版に写した吾輩と母です。もとは写真でした。その写真は母が殺された四年前に持ち去られました。しかし店にはこの写真はありませんでした。石田さんが持ち出したのかもしれませんが、警察では発見されなかったようです。吾輩たちは石田さんを殺した人間が財布と一緒に写真も持って行ったのではないかと思っています」

　ダイアモンドは淡々と告げた。母のことや石田の死のせいで内心はじくじくと掻きむしりたいほどに膿んでいたが、それを押さえつけたために冷たく聞こえるほどだった。

「――なぜそう思う？」

　それに対して竜賀の返事は短かった。

「石田さんはおとつい吾輩の事務所に来ました。資金繰りが苦しいようで、情報を売りにきたんです。その情報とは母を殺した犯人のことでした」

「ほう」

「母が襲われたことは新聞記事にもなりました。石田さんの店にはたくさんの古新聞がありました。石田さんは偶然古い新聞を見て、その写真が被害者だということを知ったと言っていました。そして写真はお友達から買ったようなんです」

「だとしたら……」

　竜賀は薄い眉を跳ねあげた。

「その友人とやらがお前の母を殺した犯人ということか？」

　ダイアモンドはうなずいた。竜賀は鼻から息を吐き、両腕を組んだ。

「ふうむ……」

「でも、やはり友人だったんでしょう。だから石田さんは吾輩に証拠の写真を渡す前に、その人のところへ向かったのではないかと思いました」

「なぜ」

ぴくりと竜賀のこめかみがひくつく。

「自首を勧めに……かもしれません」

「……」

そこで竜賀はふと笑った。その笑みは温かなものではなく、突き放すような冷たさがあった。

「それで殺された、と。石田は大きな見込み違いをしたということか」

「そうかもしれません。それで吾輩たちはその友人を知りたいのです。その人もまた彰義隊で一緒だったということです。竜賀さんはご存じありませんか？」

「……」

竜賀は腕を解かず深くうなだれた。考えているのかもしれない。

「一人、心当たりがある」

「どなたですか？」

ダイアモンドは思わず身を乗り出した。

「竹生(たけお)……竹生一成(いっせい)という男だ」

「たけおいっせい」

竜賀は袂から手を出し、空中に漢字を書いてみせた。

「わしと石田、そして竹生は最後まで行動をともにしていた。上野の山から下りて――そもそもその逃げ道も大村益次郎(おおむらますじろう)が作っていたらしいが――町中へ走り、浅草(あさくさ)の茶屋にかくまってもらい……。我らは茶屋で刀と着ていたものを捨てた。わしはこのあとは会津へ向かうつもりだった。容保(かたもり)さまはまだ戦う気概がおありだったからな。竹生も誘ったがやつは完全に意気地を折られていた。絶望の淵に立って身動き一つとれなかった。石田は実家が江戸だったので、わしらはそこで別れた」

竜賀は顔をあげ、遠い目をした。彼は今四十三年前の青春の燃えかすを見ているのかもしれない。

「やがて日本中が新政府の手に落ち、わしは江戸……もうそのときには東京となっていたが――戻ってきた。しばらく石田の実家でやっかいになり、やがてそれぞれに仕事を求め始めた。腰を落ち着かせた頃、竹生が顔を出した。やつはどこか荒(すさ)んでいた。危ない仕事をしているのではないかとわしも石田も心配していたのだが……」

竜賀は石版に視線を落とした。

「結局は案の定というわけだな」

「竹生という人は、今はどこにいるんですか」

竜賀は少し考えるように目線を天井に飛ばした。

「――住んでいる場所は知らないが調べることはできる。やつは剣勇会（けんゆうかい）に所属しているはずだ。そこの人間に聞くといい」

「剣勇会、ですか？」

「腕に覚えのある元侍たちが剣術の実演を見せる見世物だ。ふだんは浅草……浅草寺の近くで活動している。あのあたりで聞けばわかるだろう」

ダイアモンドは立ち上がろうと身を動かした。

「ありがとうございます、すぐ行ってみます」

竜賀は顔をしかめ、手をあげた。

「待て。もし住まいがわかってもお前たちだけで行くのは危険だぞ。竹生は異人を激しく憎んでいる。お前の母親を殺したのも、おそらくそのせいだ」

その言葉を聞いて持ちあげた膝を下ろし、竜賀に対峙した。

「竹生さんは……なぜそんなに外国人を憎むのでしょうか」

「そんなものは決まっている。いきなり黒船で乗り付け砲門を向けて開国を迫り、そのあとは不平等な条約をとりつけ、戦さのときはどっちにも武器を売って日ノ本をめちゃくちゃにした。憎むなという方が無理だ」

竜賀はなにを今更というような顔で、つまらなそうに答えた。ダイアモンドはそれを聞くと少しだけ首をかしげ、相手の顔を見つめる。

「それは——大きな流れの中の話ですね」

「なに？」

竜賀がダイアモンドの言葉を理解していないことはその顔でわかった。

「個人的な話じゃありませんよ。世の中の流れが変わっていくのは人々が受け入れたからです。竹生さんが殺人を犯すほど外国人を憎んでいるというなら、その憎しみは竹生さん個人のものでなければならない……竹生さんの憎しみは恐怖の裏返しなんじゃないですか」

ダイアモンドの青い瞳が氷にも似た光を放つ。その目に射られて竜賀は引き攣ったように唇の端を持ちあげた。笑おうとしたらしい。

「恐怖、だと？」

「異人が怖い、理解するのが怖い、自分と違うもの、金色の髪や青い目が怖い……」

「そんなわけがあるか！」

竜賀は突然大きな声をあげ、ダイアモンドの言葉を遮った。

「お前のような小僧のなにが怖いというのだ！」

膝を立てて身を乗り出す老人を、ダイアモンドは口をつぐんで見上げた。竜賀の眉間のしわは切り込まれたように深く、こめかみは血管を浮き立たせていた。

「……吾輩は竹生さんの話をしていたのですが」

しばらくしてそう言うと、竜賀は自分の行動に初めて気づいたような顔になった。

「あなたもそうなんですか？」

「なにを……ふざけたことを……」

竜賀は足を元に戻し、あぐらの膝を押しつけるように摑んだ。二度と腰を浮かさないようにするためか。

「お邪魔しました」

今度こそ、ダイアモンドは立ち上がった。背後で十和も立つ。廊下に出るともう西陽が差していた。

「ごきげんよう」

ダイアモンドは振り向いてそう言ったが、竜賀の背中は動きはしなかった。

ダイアモンドたちは人力車を捕まえると、そのまま浅草まで走ってもらった。しかし、日暮れということもあり浅草寺の参道の店もたいがいが閉まっていた。開いている店で聞いても「剣勇会」のことを知っているものはいなかった。

明日の朝改めて来ようと、二人は銀座の事務所に戻った。

「おう、ちょっといいか?」

事務所で帰り支度をしていると、黒木が顔を出した。

「なんだ?　警察というのは暇なところだな」

愛想のないダイアモンドの言葉にも黒木はめげない。

「愚痴くらい聞いてくれよ。印刷会社を首になった職人はすぐに捕まえたんだが、やつはその日別な場所にいてな」

黒木は勝手に部屋に入るとソファにどかりと腰を下ろした。疲れたーとわめいて「紅茶はないのかい」と言ってくる。ダイアモンドは仕方なく、十和にお茶を用意させた。

「お前たちの方は収穫があったか?　石田の家に行ったんだろ?」

そう聞いてきたのでダイアモンドは写真を写した石版があった話をした。しかしもともとの写真は見つからなかったと。

「ああ、石田もそんなもの持ってなかったなあ」

黒木はソファに沈んで腕を組んだ。そのあと竜賀才蔵の家に行った話、竹生一成の話を聞かせた。

「なんだなんだ、そこまでわかっているなら話は早い。こういうときには警察の力を使えよ」

黒木は十和の入れた紅茶をうまそうに飲みながら言った。

「竹生のことはこっちが調べてやる。すぐに住処を突き止めてやるよ」

「本当か？」

「もちろんだ。もしかしたら四年前の事件も一緒に解決するかもしれねえからな。いくらでも人を使う」

やはり最後に砂糖をどさどさ入れ、黒木はずるっと紅茶をすする。

「竹生の家がわかったら教えてもらえないか？　吾輩も行ってみたい。写真を探したいんだ」

「ああ、いいぜ。家で待ってろよ、すぐに突き止めてやるからな」

そのあと短い雑談をして、黒木は帰っていった。話のネタは主に函館にいた頃のエリザベスの話で、それはそれでダイアモンドは楽しく聞いた。

ダイアモンドは自宅に帰るとエリザベスに石版を見せた。石に写された妹の顔に、エリザベスは涙を浮かべた。

「マギー……」

指が石版の上を滑る。姉の手の下で妹は輝くような笑みを浮かべている。

「とても素晴らしいわ。この石版から印刷することはできるの？」

「たぶんできるよ。明日お葬式を出すと言っていたから、しばらく先になると思うけど」

「印刷ができたら額に入れて飾りましょう」

ダイアモンドは今日調べてきたことをエリザベスに報告した。竹生の住処は黒木が調べてくれると伝えると、「それがわかっても一人で行ってはだめよ」と心配そうに言った。

「わかっている。黒木に連れていってもらうから」

「黒木さんはあれでも巡査長なのよ。ダイアモンドの都合で振り回しちゃいけないわ」

エリザベスは胸の下で腕を組み、甥を軽く睨む。それにダイアモンドはにっこりと、あえてかわいらしく微笑んでみせた。

「そんなこと言って、リズ伯母さまだって函館じゃ黒木に面倒をかけたんでしょう？」

「あらやだ、黒木さんから聞いたの？」

エリザベスはダイアモンドと同じ青い目をぱちくりと瞬かせた。

「リズ伯母さまが話してくれなかったお転婆な失敗の話を聞いたよ」

「もう、あのニンジャったら」

エリザベスはバラ色の唇をほころばせる。瞳が遠くの景色を見ようと優しく揺れた。

「ねえ、また函館の話を聞かせてよ。宇佐伎神社の神様と用心棒の話。黒木の話も」

ダイアモンドはソファに腰を下ろしたリズの隣に座った。母が死に、エリザベスに引き取られてから、寂しがる甥に彼女は函館で起きた不思議な話を聞かせてくれた。

子供の姿をした神様や、彼を助けるかっこいい用心棒とかわいいうさぎたち。恐ろしい化け物や胸躍る冒険の数々。何度もねだって話してもらい、彼らはダイアモンドの親しい友人になっていた。

「わかったわ。じゃあ、初めて黒木さんと会ったときの話をするわね」

「曲馬団の話だね？」

「そうよ、あれはようやく梅が咲く頃だったわ……」

エリザベスの声が優しく流れる。函館の話を聞くたびに、ダイアモンドはいつも足下や膝の上になにか小さなものの気配を感じる。それはぴょんぴょんと跳ね、後足で立ち上がり、エリザベスの手に抱かれる、うさぎをイメージさせるものだった。

五　竹生一成

翌朝早く、黒木がやってきた。背後にもう一人、巡査を連れている。

「竹生のねぐらがわかったぜ」

「さすが、ニンジャ……」

言いかけた途端、黒木が片手でダイアモンドの口を塞いだ。

「巡査長、だろう？」

ギロリと睨んでくる。

「すまない。昨日リズ伯母さまに函館の話を聞いてたので」

ダイアモンドはもごもごと黒木の手の下で言い訳した。

「まあいい。とにかく場所がわかったんで約束どおり迎えにきた。一緒に来て写真を探してくれ」

「わかった。すぐ用意する」

ダイアモンドは探偵用の服を着ると学帽をかぶりマントを羽織った。いつも持つ蝙蝠傘を腕に、十和を従えて玄関を出る。

外には馬車が待っていた。竹生の住まいは浅草に近い入谷にあるという。

黒木はダイアモンドと一緒に馬車に乗り、調べたことを話してくれた。

夜中、剣勇会の人間たちを呼び出し竹生一成について聞くと、竹生という男は小心ものので優柔不断、そのくせ酒を飲んで酔うと自分は彰義隊の生き残りだと言って人に絡むという、あまり好かれる性質（タチ）ではなかったらしい。

剣勇会では古株なのでそれなりに立てられていたが、一年前に剣術のあわせで失敗し、利き腕の右手を負傷して刀が握れなくなった。それ以降は後進の指導に当たっていたが、自分の体が思うように動けない苛立ちからか、他人に当たり散らすようになったので、仲間からも避けられている……。

「そういう状態なら今は金に困窮しているだろうな」

だから先月母と自分の写真を手放したのかもしれない。殺人の証拠となる写真を売るほどに追い詰められていたのだ。

ガラガラガラと馬車の車輪が砂埃を巻きあげる。窓から通り過ぎる町並みを見ながら、ダイアモンドは傘の柄を握った拳にもう片方の手で爪を立てた。

もうじき犯人にたどり着く。母の命を無残に奪った殺人犯に。

竹生の住まいの近くで馬車を降り、巡査たちが通りへ駆け込んでいった。犯人を逃がさないようにいくつもある路地を先に押さえておく。

黒木はダイアモンドに合図をして、竹生の住む長屋の入り口に立った。

「俺が先に入る。呼ぶまで来るなよ」

黒木はそう言うと十和に目で「押さえておけ」と指示する。十和はうなずいてダイアモンドの肩に手を置いた。

「大丈夫だ。心配するな」

ダイアモンドは十和を振り仰いで言ったが、十和は黙って首を横に振る。

四年間追い求めた犯人だ。確かに顔を見たら自分がどうするかわからなかったので、ダイアモンドも諦めて十和に身を任せた。

黒木がもう一人の若い巡査と長屋の一軒まで進み、腰高障子に手をかけた。

「竹生一成、いるか？」

心張り棒はかかっていなかったようで、カタリと軽い音を立て、戸が開いた。

「お、」

部屋の中を見た黒木の声がした。ダイアモンドはピクリと肩を動かしたが、十和の手は離れない。

やがて黒木と巡査が部屋の中に入った。しばらくしてから黒木だけが出てきてダイアモンドを手招く。十和が手を離してくれたので、ダイアモンドは駆けつけた。

「どうしたんだ！」

部屋を覗いて驚いた。男が部屋の中に寝かされている。その首には太い縄が巻き付いていた。部屋の中にはほとんどものがなく、ぼろぼろの障子から冷たい風が吹き込んでくる。

「これは――」

「首を吊っていやがった」

黒木の声にダイアモンドは弾かれたように彼の顔を見上げた。

「なんだって？」

「そこに、」と黒木は鴨居に視線を向ける。「縄をかけてぶらさがっていた」

鴨居の下にはいやな臭いのする液体や汚物が溜まっている。ダイアモンドはもう一度死体を見た。

べろりと舌を出して死んでいる男は、貧相で貧弱で無精で不衛生な様相だった。この男が母を殺した人間だって？

鬼のような、悪魔のような存在を想像していた。自分たちの幸せを一瞬で奪ってしまえるような、残酷な魔王のようなものだと考えていた。だが、現実にはこんな、こんな、抜け殻のような男だったなんて。

くらりと眩暈がして、ダイアモンドは蝙蝠傘で身を支えた。

「見ろ」

四畳半の部屋の隅に小さな行李があり、そのそばに血のついた匕首が置いてある。そして——。

「写真だ……」

ダイアモンドは靴のまま部屋にあがった。畳に直に置かれている写真の前に膝をつく。

写真は黒い表紙のついた冊子状に仕立てられている。表紙には血のついた指のあとがあったが、中を開くとそこに汚れはなかった。

「遺書はねえが、その匕首と写真がきちんと並んでいた。それは石田を殺した証拠だろう。逃げられねえと思って首をくくったのか」

ダイアモンドは息を喘がせた。石版に写されたものと同じ、母と自分の写真の他に、母が一人で映っているもの、自分が一人で映っているもの、またポーズを変えたものなど、あわせて四枚の写真が納められていた。

「……」

写真に涙が落ちそうになり、ダイアモンドは慌てて目を擦った。

「お前の写真だったか？」

黒木が聞いてくる。ダイアモンドはうなずいた。黒木がその背中から覗き込む。

「なんだお前、昔は女の子みたいだったんだな」

「え……」

確かに当時八歳のダイアモンドはウエーブした髪を肩まで伸ばし、白いレースの襟のついた服を着て、すまして立っている姿は少女のようにも見える。

「出会ったときのリズにそっくりだぜ」

「女の子、みたい……」

突然ダイアモンドは雷に打たれたように全身を震わせた。

「おい？　どうした？」

黒木の声に入り口で様子を見ていた十和が飛んでくる。

「坊ン!?」

ダイアモンドは支えてくれる十和の手に体を預けた。

「と、十和……」

「はい？」

「行こう」

「え？」

ダイアモンドは立ち上がった。写真を抱えて家を飛び出す。

「おいこらっ！　写真は証拠だ、置いていけ！」

黒木がダイアモンドの背に叫ぶ。それにダイアモンドは振り返って叫び返す。

「馬車を貸してくれ、黒木！」

「どこへいくんだ！」

「こいつを殺したやつのところだ！」

「こ、殺しだと!?」

「そいつがどうやって首を吊ったというんだ！　踏み台もないのに、飛び上がって首を輪っかに入れたのか！」

そう言われて黒木は一瞬ぽかんとし、慌てて部屋の中に戻っていった。

ダイアモンドと十和は乗ってきた馬車に飛び乗った。驚く御者に住所を告げる。

「坊ン……？」

目的地を聞いて十和が首をかしげた。それは昨日行った竜賀才蔵の屋敷だった。

六　再び竜賀才蔵宅

竜賀の道場では朝稽古の最中だった。「えい」「おう」と威勢のよいかけ声があがり、激しい竹刀の音もしていた。

竜賀は藍色の道場着を着て道場の上座に立ち、若者たちの打ち合いを見守っていた。時折声をかけたり、持っていた竹刀で形のよくない弟子の腰や腕を叩いて指導する。明治九年の廃刀令以降、刀を持ち歩くことはできなくなったが、いつも心に刃を持てと竜賀は弟子たちに告げていた。

「先生」

弟子の一人が竜賀に駆け寄って耳打ちした。竜賀はその内容に眉を寄せる。

「わかった、庭に通しておけ」

竜賀は竹刀を持つ手に力を込めた。

またあの寒い座敷に通されるのかと思っていたが、ダイアモンドと十和が通されたのは道場そばの庭だった。常緑樹の松が青々と茂り、南天の実が朝の陽に赤く輝いている。

ダイアモンドは蝙蝠傘を地面に突き刺し、柄に両手を載せて主を待った。

やがて枝折戸(しおりど)を開けて竜賀が入ってきた。道場着のままだ。

「すまんな、こんな場所で。朝稽古の途中なのでな」

「こちらこそ、朝早くから申し訳ありません」

ダイアモンドは丁寧に頭を下げた。

「それでなんのご用かな」

「今朝、警察と一緒に竹生さんの家へ行ってきました」

「警察と？」

竜賀は細い目を少し大きくした。

「ええ、石田さんの事件や母の事件に関して警察のお手伝いをしているもので」

「ほう。それで竹生に会えたのか？」

「いいえ」

ダイアモンドは突き刺した蝙蝠の先端をぎりっと回した。

「竹生さんは死んでいました」

「死んだ？」

竜賀はのけぞるようにして驚いた声をあげた。

「まさか、竹生まで」

「首を絞められていました」

ううむ、と竜賀は唸り、「覚悟の自殺か」と呟いた。

「どうでしょう」

だが、ダイアモンドはそんな竜賀に低く告げた。

「本当に自殺でしょうか？　竹生さんは自殺と見せかけて殺されたのかもしれません」

「なんだと？」

ダイアモンドは傘を土から抜き取ると、再度強く突き刺した。

「竜賀さん、あなたが殺したんじゃないんですか!?」

「小僧！　戯言（たわごと）を！」

竜賀の肩が怒る。さっと十和が守るようにダイアモンドの前に出た。その背にダイアモンドは軽く触れてどかす。

「昨日、あなたは吾輩に会ったとき、娘じゃなかったのか、と言いましたね」

「なに？」

「あなたは吾輩を女だと思っていた。それは事前に吾輩の写真を見ていたからではないんですか？」

「そんなことを言ったか？」

竜賀の様子は本当に覚えがないように見えた。

「吾輩が母と写真を撮ったとき、今もそうだが当時は輪をかけて天使のように愛らしかったからな。少女だと思っても無理はない」

ダイアモンドは張り付いたような笑顔で写真の冊子を開き、竜賀に向ける。

「それにさっき吾輩が竹生さんが首を絞められて、と言ったとき、あなたはすぐに自殺かと言った。なぜですか」

「それは――首を絞めていれば首つりだと……」

「竹生が自殺ではないという証拠はまだある」

ダイアモンドは傘の先端を竜賀に突きつけた。

「彼の自宅には血まみれの包丁があった。竹生が石田さんを刺したように見せたかったのだろうが、包丁の柄についた指のあとは右手のものだった。あんたは竹生が一年前から右手を使えなかったのを知らなかったんだろう！」

「な、なんだと！」

竜賀は体を震わせ一歩退いた。これも本当に知らなかったらしい。

「この写真にも！」

ダイアモンドは持っていた冊子を閉じて黒い表紙を突きつける。

「べったりと右手の指のあとがある。あんたが殺したのではないというのなら、その右手と照合させてもらおう！」

「しょ、照合だと⁉」

思わず竜賀は自分の手を見る。それにダイアモンドは声を張りあげた。

「一八八〇年——ヘンリー・フォールズが『手の溝について』という論文を発表した。指の溝の模様、つまり指紋は個人を特定できる証拠として使えるという論文だ。これは革命的な犯罪捜査の始まりだ。すでにイギリスのスコットランドヤードでも取り入れられ、日本でもこの四月から導入される。それで調べればこの表紙に残った指のあとが誰の物か、包丁に残った指のあとが誰のものか、はっきりわかるんだ！」

「その口を閉じろ！　毛唐がッ！」

竜賀が持っていた竹刀を振りあげる。同時にダイアモンドは蝙蝠の柄のボタンを押した。その途端、まるで矢のように傘の胴体が放たれた。

「ぎゃっ！」

竜賀の胴は完全にがら空きだった。そこに鋭い先端の傘が突き刺さる。まさか飛び道具を使われるとは思っていなかったのだろう。貫くまでの威力はなくても、衝撃で竜賀は仰向けにひっくり返った。

「あなたはサムライなんかじゃない！　ただの人殺しだ！」

ダイアモンドは失神した竜賀に怒りと侮蔑を込めて叫んだ。

「せ、先生！」

いつから来ていたのか、竜賀の道場の門下生たちが庭になだれ込んでくる。

「きさまら、なにをする！」

「先生！」

門下生たちは竜賀に駆け寄りその体を抱き起こした。何人かは手に竹刀や木刀を持っている。それをかまえてダイアモンドに対峙した。

「残念だが君たちの師は殺人の容疑がかかっている」

ダイアモンドは傘を手元に戻し、凜と声を張った。

「竜賀を引き渡せ！　じきに警察がくる！」

「やかましい、この毛唐が！」

「異人がなにをほざく！」

「神聖な竜賀道場を異人が汚すな！」

悪意の塊が飛んでくる。差別と偏見の暴言に、ダイアモンドは冷たい笑みで答えた。

「まったく、もはや二十世紀だというのにお前たちの頭は化石なのか」

「きさま——！」

一人が打ちかかってきた。十和がすっと前に出る。稲妻のような突きを軽く避けると、腕がバネのように伸びて相手の鼻を打つ。

「ぎゃあっ！」

日本ではほとんど知られていない拳闘の技が青年の顔面に炸裂した。

最初の出会いのときのアッパーを見て、ダイアモンドがお前には拳闘が向いていると、四年前からアメリカ人コーチについて習わせているのだ。左手は思うように動かせなくても、右の拳は風より早い。

十和はとんとんと小さくステップを踏みながら油断なく身構える。その背後でダイアモンドも傘を握りしめた。

「来るなら来い！」

「おおっ！」

門下生たちが襲いかかろうとしたそのとき、ダイアモンドたちと彼らの間の地面に大きめのクナイが突き立った。

「やめろやめろ！　警察だ！」

声と同時に黒塀の上に黒木の姿があった。抜き放ったサーベルの刃が日差しに光って門下生たちの目を射る。

「竜賀才蔵は逮捕する！　きさまらも邪魔立てすると全員捕縛するぞ！」

黒木の制服姿は視覚的に門下生たちの意気を削いだ。全員が後ろに下がる。黒木はダイアモンドの前に飛び降りた。

「無茶をするな、坊主」

きつく言われてダイアモンドはちょいと肩をすくめた。

「お前もお前だ。お守りの役目はわかってんだろうが」

叱咤が十和に飛び火する。十和もダイアモンドのまねをして肩をすくめた。

「まったく……」

黒木は文句を言いながらサーベルを腰に戻す。

黒木の配下の巡査たちも黒塀を乗り越えようとしていたが無理なようで、彼らは諦めて表から回ってきた。上司が人間離れしていると部下が苦労する。

「黒木さん、匕首とこの表紙の指のあと、とっておいてくれ。あとで竜賀の手と照合する」

「照合？　そんなものでわかるのか？」

「やり方は吾輩が教えよう」

ダイアモンドは地面に刺さった大型のクナイを拾いあげると、黒木に返した。

「こういうのを常備していてニンジャって言われたくないっていうのは矛盾してるね」

「うるさい、使い慣れたものの方が楽なんだよ」

巡査に縄を打たれて竜賀はようやく意識を取り戻したらしい。うなだれてひきずられていった。

「石田と竹生殺し、それと四年前の事件についても取り調べる。報告を待っていてくれ」

黒木はそう言うとダイアモンドと十和を残して引きあげていった。

「坊ン、俺たちも帰りましょう」

「うん……」

きれいに整えられていた庭は、門下生や巡査たちが入り込んだせいで荒れてしまった。靴跡が多く残る地面に南天の実が赤い涙のように散っていた。

七　顚末(てんまつ)

しばらくしてパーシバル家に黒木がやってきた。エリザベスとダイアモンドを前に今回の事件の顚末を話してくれた。

そもそも四年前の馬車強盗、あれは竜賀と竹生で行ったことだったらしい。竜賀はそれまで竹生と同じ入谷で道場を開いていた。それが四年前この屋敷が売りに出され、どうしても手に入れたかったらしい。

そこを竹生にそそのかされ、犯罪に手を染めた。

二人は馬車に乗る金持ちを狙い、何度か強盗を繰り返した。マーガレットの馬車を襲ったのも、雨の夕方で目撃者が少なかったから、というだけの犯行だ。

「殺すつもりはなかった」と竜賀は自供した。だが、馬車の扉を開け刀を突きつけても異人の女性は騒がなかった。冷たい青い目で竜賀を見据えたという。

竜賀はその目に怯えた。怯えた自分を感じた途端、怒りが沸いた。

「気がついたら刺していた」

二人はマーガレットの荷物を奪い、それを半分に分けた。写真を欲しがったのは竹生だった。

「こんなきれいな女、見たことがない」

竹生は写真にうっとりと見惚れていた。

馬車強盗はその事件を最後に止めた。竜賀は上野の屋敷を買い、竹生とはもう会わないと約束して別れた。

四年後、竜賀は道場を軌道に乗せたが、竹生は仕事がうまくいかずその日暮らし。とうとう大切にしていた写真を昔なじみの石田に売るくらい困窮した。

そして石田はダイアモンドに情報を売る約束をしたあと、竜賀のもとへも出向いた。竹生から一緒に強盗をやっていたということを聞いたためだ。

石田は竜賀を強請(ゆす)ったのだ。

「だからわしは石田を殺した。刀でなく匕首を使ったのは、侍を連想させたくなかったからだ」

殺害は竜賀の自宅で行われた。そして夜更けまで待って手押し車を使い、建てかけの家へ運び、捨てた。

それからダイアモンドがやってきたので、彼が竹生に接触する前に首を絞めて殺した。もちろん四年前の犯行がその口から漏れることを恐れたのだ。

「石田を殺したとき、写真をどう処分しようかと迷った。たぶん、頭の中に竹生も殺そうという考えがすでにあったのだと思う。写真をそばに置いておけば、警察が勝手に四年前の事件を思い出すだろうと考えたのだ……」

竜賀はすらすらと答えたという。

取調室の竜賀は一回りも小さな弱々しい老人に見えたと黒木は言った。

「ともに彰義隊として戦い、必死に逃げて生き延びたその先で、殺し合うとは思ってもいなかった」

竜賀は悲しげに呟いたらしい。

写真は改めてエリザベスに返された。血のついた表紙は外され、新しいきれいな表紙がついている。

エリザベスは長い間写真を見つめ、涙をこぼし続けた。

夕方、ダイアモンドは十和と一緒に新橋へ出かけた。電車が走り、人々が行き交い、賑わいに満ちている。

「坊ン」

「ん？」

「探偵事務所を開いた目的……それはマーガレットさまを殺害した犯人を捕まえることでしたよね」

「ああ……」

「目的を達成したら、もう事務所は閉めるんですか？」

道路に沿ってガス灯に一つずつ火が入る。黄色い光が奥の方からぽつぽつと灯ってくる。

「目的はそうだったけどね」

ダイアモンドはその灯りを数えながら言った。

「お母さまと約束したんだ。吾輩の力を使って困っている人を助けるヒーローになるって。それが夢。夢はいくつ叶えてもいい。だから吾輩は事務所を閉めないさ……」

ガラガラガラ、と車輪の回る音がする。振り向かなくてもわかる。あの黒い死神の馬車だ。

ダイアモンドの横を黒い馬が黒い車体を引いて通り過ぎる。

「……」

だが今度は馬車の窓に人の姿があった。それは金色の髪の女性だ。微笑んで手を振っている。

「お母さま……」

一歩だけ、ダイアモンドは道に足を踏み出した。だがもう追いかけはしない。幻影の母は行ってしまった。黄泉路（よみじ）の彼方へ。

「十和」

ダイアモンドは背の高い自分の相棒に囁いた。

「お母さまはほめてくれたよ」

涙は零れたが哀しくはなかった。死神の馬車はもう消えてしまった。二度と見ることはないだろう。

ガス灯の輝く夜の道を、ダイアモンドは十和と一緒に歩き出した。

あとがき

はじめまして、あるいはご無沙汰です。霜月りつです。

マイナビ出版ファン文庫で新しいお話を書きました。でも登場人物が『神様の用心棒』とかぶっているので外伝、という感じですね。

え？　『神様の用心棒』終わっちゃうの？　と思われた方、ご安心ください、書いてますよ。

『神様の用心棒』の時代からほぼ三十年後の東京のお話です。明治の終わり、大正の始まりという浪漫とモダンあふれた世界！

この時代の資料というのは、さすがにちょっと前までお達者だった方々がいらっしゃいますので、たくさん残っております。たくさんありすぎてあれもこれもと調べていくと、それだけで時間がたってしまいました。

そして調べてわかったのが、明治時代というのは今のＩＴ進化なみに文明・文化が進化したスピードが早い！　あっという間に自動車を国産で作り、電車や電話、電線が伸びて教育の場が開かれ医療が発達していきます。明治で確立した技術が今の令和でもそのまま使われています。

魑魅魍魎が跋扈し、黄昏に魔物が隠れていそうな明治の時代もしっかり現代に地続きでした。


さて、少年探偵ダイアモンド、いかがでしたでしょうか？　実はダイアモンドはすぐにキャラクターが固まったのですが、十和がなかなかできあがりませんでした。彼の背景は二転三転し、落ち着くまでに時間がかかってしまいました。

ただ最初のイメージが、ダイアモンドにマフラーを結んでやっている青年、という図でしたので、そこが描けたのでよし。

明治末期、大正初めというのはいろいろなことが起こったので、機会があればこのあとも二人の活躍を書いてみたいです。

（でも明治を調べるのはすごく面倒くさいのでこれだけでもいいむにゃむにゃ……）

今回も『神様の用心棒』シリーズの外伝ということで、アオジマイコ先生に装丁をお願いできました。まさに帝都の美少年ダイアモンドがこちらを見つめています。ああ、かわいいかっこいい。

それでは黄昏の扉を開けて、ガス灯の光の下、麗しの帝都に遊びに参りましょう。

この物語はフィクションです。
実在の人物、団体等とは一切関係がありません。
本作は、書き下ろしです。

霜月りつ先生へのファンレターの宛先

〒101-0003　東京都千代田区一ツ橋2-6-3　一ツ橋ビル2F
マイナビ出版　ファン文庫編集部
「霜月りつ先生」係

帝都ハイカラ探偵帖
～少年探偵ダイアモンドは怪異を謎解く～

2023年9月20日　初版第1刷発行

著　者	霜月りつ
発行者	角竹輝紀
編集	山田香織（株式会社マイナビ出版）
発行所	株式会社マイナビ出版

〒101-0003　東京都千代田区一ツ橋2丁目6番3号　一ツ橋ビル2F
TEL 0480-38-6872（注文専用ダイヤル）
TEL 03-3556-2731（販売部）
TEL 03-3556-2735（編集部）
URL https://book.mynavi.jp/

イラスト	アオジマイコ
装　幀	神戸柚乃＋ベイブリッジ・スタジオ
フォーマット	ベイブリッジ・スタジオ
ＤＴＰ	富宗治
校　正	株式会社鷗来堂
印刷・製本	中央精版印刷株式会社

神様の用心棒
うさぎは闇を駆け抜ける

著者／霜月りつ
イラスト／アオジマイコ

刀――兼定を持った辻斬りの正体は…？
明治時代が舞台の人情活劇開幕！

明治時代の北海道・函館。戦争で負傷した兎月は目覚めると神社の境内にいた。自分のことも思い出せない彼の前に神様と名乗る少年が現れ、自分が死んだことを知らさせる。